Este libro per

S0-ABD-357

a: Gisselle Gomez-Mora

ALFAGUARA MR

JUVENIL

ALFAGUARA JUVENIL^{MR}

ALFAGUARA ^{MR}

JUVENIL

UNA (ESTUPENDA) HISTORIA DE DRAGONES
Y PRINCESAS (... MÁS O MENOS)

D.R. © del texto: JORDI SIERRA I FABRA, 2005
D.R. © de la ilustración de portada: XAN LÓPEZ DOMÍNGUEZ, 2005
D.R. © Santillana Ediciones Generales, S.L., 2011

D.R. © de esta edición:
Editorial Santillana, S.A. de C.V., 2013
Av. Río Mixcoac 274, Col. Acacias
03240, México, D.F.

Alfaguara Juvenil es un sello editorial licenciado
a favor de Editorial Santillana, S.A. de C.V.
Éstas son sus sedes:

ARGENTINA, BOLIVIA, CHILE, COLOMBIA, COSTA RICA, ECUADOR, EL
SALVADOR, ESPAÑA, ESTADOS UNIDOS, GUATEMALA, MÉXICO, PANAMÁ,
PARAGUAY, PERÚ, PUERTO RICO, REPÚBLICA DOMINICANA, URUGUAY Y
VENEZUELA.

Primera edición en Santillana Ediciones Generales S.A. de C.V.:
octubre de 2011
Primera edición en Editorial Santillana, S.A. de C.V.:
octubre de 2013
Segunda reimpresión: noviembre de 2014

ISBN: 978-607-01-1855-5

Impreso en México

Reservados todos los derechos conforme a la ley. El contenido y los diseños
íntegros de este libro, se encuentran protegidos por las Leyes de Propiedad
Intelectual. La adquisición de esta obra autoriza únicamente su uso de forma
particular y con carácter doméstico. Queda prohibida su reproducción, transfor-
mación, distribución, y/o transmisión, ya sea de forma total o parcial, a través
de cualquier forma y/o cualquier medio conocido o por conocer, con fines dis-
tintos al autorizado.

Una [estupenda] historia de dragones y princesas [... más o menos]

Jordi Sierra i Fabra

Ilustración de cubierta de Xan López Domínguez

ALFAGUARA MR

JUVENIL

Prólogo

De cómo se ve el arranque y principio de la famosa leyenda del dragón y la princesa, tantas veces loada en crónicas y tratados del Viejo Reino.

En un tiempo remoto en el que la vida era muy distinta, y la magia una realidad, el Viejo Reino permanecía escondido, al amparo del resto del mundo, colgado entre montañas tan altas que rozaban el cielo.

Para muchos, más allá de esas montañas, el Viejo Reino era una leyenda, un imposible, pues nadie creía que pudiera existir la vida al otro lado de aquellas cumbres inaccesibles. Para los habitantes del Viejo Reino, la leyenda era precisamente cuanto pudiera hallarse al otro lado de las montañas que les rodeaban y protegían, porque nadie se atrevía a rebasar sus cumbres y mucho menos a tratar de perderse en un confín remoto del que sólo hablaban los Libros del Origen. Según ellos, un día, a los valles y lagos del reino llegó un grupo de hombres y mujeres que iniciaron la vida y crearon un hogar en aquel paraíso protegido y oculto. De eso hacía...

Las cumbres, picos altos y nevados en los que las nubes se detenían, casi siempre sin atreverse a rebasarlas, formaban un círculo en torno a los siete valles y los nueve lagos. Repartidos entre ellos crecían los cuarenta y nueve pueblos, distantes, como mucho, dos horas entre sí. Y al oeste, en el Gran Valle de Oriñar, Gargántula, la capital, brillaba con la luz de su grandeza. Una ciudad hermosa, pacífica y tranquila, rebosante de vida y animación. Presidiéndolo todo, visible desde cualquier punto de aquélla, destacaba el palacio de Atenor, majestuoso, blanco, coronando la leve colina de Isar.

Nuestra historia comienza cuando, inexplicablemente, apareció en el Viejo Reino un temible dragón que raptó a la princesa y...

–Oye, oye, espera, ¿esto va de princesas y dragones?

—Pues... sí.

–No fastidies.

—¿Qué pasa? Para algo es un cuento, ¿no?

–Sí, pero a estas alturas, en pleno siglo XXI, con el rollo de la princesita buena y el dragón malo... ¿También hay hadas?

—No.

–¿Y brujas?

—Sí, una.

—Genial, ya ves.

—Éste es un libro de humor. Así que no va sólo de princesitas buenas y dragones malos, ni de hadas maravillosas ni brujas perversas. Intento jugar con... Por cierto, ¿y tú quien eres?

—¿Yo?

—Sí, tú.

—Pues... Déjame que piense. Veamos, podrías llamarme Conciencia, Buen Gusto, Sentido Común...

—Si eres mi Conciencia, mejor te callas. Si eres mi Buen Gusto, olvídame, porque sobre gustos no hay nada escrito. Y si eres mi Sentido Común... Tú no tienes pinta de sentido común.

—¿Me habías visto alguna vez?

—No.

—¿Entonces?

—¿Desde cuándo mi Sentido Común lleva el pelo de color rojo con mechas azules, la oreja llena de pendientes, un *piercing* en la nariz, otro en la barbilla y un tercero en el ombligo, ese tatuaje del brazo, collares, pulseras y el móvil en el bolsillo?

—Puestos a adoptar formas... Soy un Sentido Común muy común, y al día. Tope. Cosa que tú ya no puedes decir.

—Pero si hasta ahora...

—Precisamente: hasta ahora nunca me habías necesitado. Te bastabas solito. Pero es que viéndote escribir esto... Ya tienes 55 años, ¿vale? ¿A ti te parece que a estas alturas puedes salir con un cuento de princesas y dragones?

—¡Quieres callarte y dejarme escribir! ¡Ya te he dicho que es un libro de humor, con muchas sorpresas, pero por fuerza el arranque ha de ser... clásico!

–Claro, y los pobres niños y niñas que lo lean... bostezando de buenas a primeras.

—No, porque en la segunda página ya...

–¿Y quién se va a leer la segunda página si la primera es un muermo? ¿A quién le importa la segunda página? ¡Los libros hay que arrancarlos a toda mecha!

—¡Pero bueno!

–Si lo digo por tu bien, que conste.

—Quiero hacer un libro original, divertido, diferente.

–¡Sí claro! Y con qué me sales. ¿Original, divertido y diferente? ¡Como todos!

—Pero éste sí lo será. Le daré la vuelta a un clásico de princesas y dragones.

–¡Uy, qué progre!

—¡No te metas conmigo!

–Es que esto es una cursilada, qué quieres que te diga. Los cuentos de princesas y dragones ya no se llevan.

—¡Tú qué sabes lo que se lleva!

–Haz algo de ciencia ficción, caramba. Una novela ciberpunk y todo ese rollo. Igual te la compra Spielberg o Lucas, y ya está.

—Ya está, ¿qué?

–Serías millonario.

—Yo soy un artista, no quiero...

–Íntegro, sí, pero práctico... A ver, vayamos a lo que importa, ¿la princesa vive todavía en casa de sus padres?

—Claro. En el palacio real.

–O sea que no estaba emancipada.

—¡Las princesas no se emancipan! Y menos en un cuento que pasa en un reino muy remoto y en un tiempo en el que la magia...

–Mira qué bien: una princesa que sigue en casita, comiendo la sopa boba, sin hacer nada de provecho y viviendo en una torre. Porque vive en una torre, claro.

—¡Sí!

–Prepárate para lo que dirán las feministas.

—¡Pero si yo...!

–Dale un toque de modernidad, tío.

—¿Qué toque de modernidad?

–Pues... haz que trabaje en una tienda de ropa, y que tenga un novio músico, y que la secuestre un grupo de radicales extremistas.

—¿Te crees que esto es una película de Hollywood? ¡Te repito que es un cuento infantil!

–Pobres niños.

—Bueno, ya está bien. ¡Cállate!

–Princesa, dragón, rey, bruja... Ya sólo falta el caballero andante que vaya a rescatarla.

—¡He dicho que te calles!

–No eres nada positivo.

—¿Ah, no?

–No. No aceptas las críticas.

—Esto no son críticas. Y, además, el libro lo firmo yo.

—Arruinarás todo tu prestigio.

—Si sucede, es cosa mía.

—¡Para nada! Yo vivo contigo, formo parte de ti. Lo que te pase me afecta. Recuerda la depresión de hace unos años.

—Eso fue un accidente.

—Ya. Pues te dio fuerte.

—Mira, escribiré el cuento, A) como me salga de las narices, que para eso soy el escritor, y B) pasando de ti y de tus opiniones. No voy a hacerte ni caso. Cuando acabe el libro puedes comentar lo que te parezca. Como ya estará hecho, no voy a tocar nada.

—Hombre, eso me parece bien.

—¿El qué?

—Que me dejes opinar, libremente, al margen de lo que escribas. Por lo menos podré decir lo que pienso.

—Mientras no me molestes...

—Tú haces el ridículo y yo le pongo sentido común al tema.

—Repito: mientras no me molestes, haz lo que te dé la gana.

—Hecho.

—¿Ah, sí?

—Ya veo que no vas a hacerme caso, por lo tanto acepto el acuerdo.

—A ver, a ver, ¿qué acuerdo?

—Tú escribe. Yo no te molesto. Pero mis pensamientos serán libres, y mis apreciaciones también. Las iré expresando a medida que tú le das a las teclas. Luego dejamos que el público decida.

—¿No vas a incordiarme a cada momento, en serio?

–Palabra.

—¿Ni me interrumpirás o discutirás lo que hago?

–Tú, a lo tuyo.

—En ese caso... Vale, ¿puedo seguir?

–Sí, sí, adelante. Es tu libro.

—Gracias.

–Pero que conste que....

—¡...!

–Me callo, me callo.

Nuestra historia comienza cuando, inexplicablemente, apareció en el Viejo Reino un temible dragón que raptó a la princesa y se la llevó a las profundidades de la Garganta de Ozcor. Nadie sabía de dónde provenía aquella bestia. Nadie había oído hablar nunca de dragones en el Viejo Reino. Pero los que lo vieron, o creyeron verlo desde entonces, contaron mil versiones distintas de su aspecto, su forma y sus poderes. ¿Tenía dos ojos de color amarillo capaces de hipnotizar o tres ojos rojizos y espectrales que convertían en una roca a quien los mirara? Lo que presidía su frente ¿era un enorme colmillo o un cuerno dorado? ¿La cola medía realmente diez metros? Y sus fauces, ¿tenían tantos dientes como aseguraban? [¿Qué? ¿No expulsaba fuego por la boca?] ¿Y lo del fuego que expulsaba por la boca? [*Vale, ya me parecía a mí. En los cuentos todos los dragones expulsan fuego por la boca, como si dentro tuvieran un horno. Mi escritor no iba a ser menos. ¿Y hay quien se lo cree?*] De la noche a la mañana, a raíz del rapto de la princesa, [*¡A que la llama Brunilda!*] la paz huyó del Viejo Reino. Todos sintieron la presencia del miedo en sus corazones, algo nuevo en ellos, tan desconcertante como dañino. Si un dragón andaba suelto, no era como para tomárselo a broma. Por lo tanto, el rey no tuvo otra solución que prometer la mitad de su reino y la mano de su hija al valiente caballero que pudiera rescatarla.

Ése fue el comienzo de todo. [*¿Y la princesa qué, cómo se llama?*]

Aquella mañana, correspondiendo al llamado del rey, se presentó en palacio un solitario pretendiente. [*¿Casualmente guapo?*]

Y lo que pasó a continuación... [*En fin, allá vamos. ¡Que os sea leve!*]

Capítulo 1

De cómo llega a nuestra historia el intrépido paladín Ezael, [¿Ezael? ¡Y lo que le gusta inventarse nombres raros! ¿Qué tiene de malo Francisco o Jaime, aunque sea un libro de fantasía?] **dispuesto a rescatar a la princesa de las garras del dragón.**

El día fijado para la comparecencia de los candidatos a rescatar a la princesa, la corte aguardaba impaciente en el gran salón del trono. En el Viejo Reino jamás habían existido las guerras, así que las armas eran más bien de adorno, un complemento para las grandes ocasiones. Espadas, lanzas, escudos... Una vez al año se hacían concursos de tiro al blanco con arco y flechas y también con lanzas y puñales. Nada más. Siendo así, y aunque en los cuarenta y nueve pueblos, más la capital, abundaban los buenos mozos, no se tenía constancia de que hubiera héroes o paladines intrépidos. Ninguna causa conocida, en los últimos trescientos o quinientos años, había precisado de un héroe o un paladín.

Por lo tanto...

A casi nadie extrañó que no apareciera ningún gallardo joven dispuesto a sacrificar su vida por la princesa.

¿Quién iba a querer luchar con un dragón? [Eso sí tiene sentido. ¡Nadie quiere luchar con un dragón! ¡Sólo en los cuentos de princesas y dragones con el inevitable héroe!]

El único candidato fue un muchacho espigado, delgado como una rama, de cabello rojizo, que llegó a palacio a pie y vistiendo ropas muy sencillas, como las de cualquier joven. La guardia real no quería dejarlo pasar. Tuvo que enfadarse para que le hicieran caso.

—¡He venido por la proclama del rey! —gritó—. ¡Quiero salvar a la princesa Brunilda! [¡Lo veis! ¡Brunilda! ¡Toma ya!]

—¿Tú? —se rieron los guardias—. ¡Pero si no eres más que un alfeñique!

—¡Tengo tanto derecho como el que más! ¡El rey no ha hecho ninguna distinción! ¡Sólo ha pedido ayuda, y he venido a dársela!

Las risas aumentaron, pero nadie se atrevió a rechazar al muchacho, máxime cuando era el único candidato a la vista. Por los caminos reales, los vigías hacían señas con sus banderas a la torre indicando que por allí no se acercaban posibles pretendientes.

El muchacho fue conducido a presencia del rey. [Menos mal que no dice nada de que sea guapísimo.] El pobre monarca, advertido y sabiendo ya que aquél era el único de sus súbditos dispuesto a enfrentarse al temible dragón, se lo quedó mirando con el corazón encogido.

Pobre princesa, pensaban los presentes en el gran salón.

—¿Cómo te llamas? —quiso saber el rey.

—Ezael, mi señor.

—¿De dónde eres?

—Del más alejado de los pueblos del reino, Sabayir —respondió con orgullo.

—¿Y qué edad tienes?

—Diecinueve años.

Un murmullo de piedad y desánimo cundió por la estancia real. Ciertamente, el llamado Ezael era lo que parecía: un muchacho. Ni siquiera se trataba de un hombre hecho y derecho, con un mínimo de posibilidades de enfrentarse al dragón. Tal parecía que la suerte de la princesa estaba echada.

—¿Eres diestro con las armas? —siguió el rey.

—Puedo darle a una pulga a diez metros de distancia, mi señor.

—¿Con una flecha, con una lanza? —se animó su majestad.

—Con una piedra —sonrió Ezael.

Hubo un par de sonrisas. Nada más.

—¿Quieres matar al dragón con una piedra?

—No lo sé, señor. Llegado el momento, lo veré. A lo mejor sólo es cuestión de hablar. [¡Anda ya!]

Los presentes se quedaron boquiabiertos.

—¿Lo dices en serio?

—Muy en serio, majestad.

No parecía loco. Y sin embargo tenía que estarlo.

—Te veo muy decidido —consideró el rey.

—Estaba dispuesto a batirme en buena lid con cuantos candidatos se presentaran —dijo Ezael—. Pero puesto que soy el único que está aquí... No creo que sea necesario, ¿verdad, señor?

No lo era.

Pero incluso al rey, desesperado como estaba por la ausencia de su hija mayor, le resultaba abrumador enviar a aquel pobre muchacho a la muerte. No tenía ninguna posibilidad.

¿O sí? [Estrujarse el cerebro, lo que se dice estrujarse el cerebro, no lo ha hecho. Es el planteamiento más simple que jamás haya oído. Y el más trillado. A ver, ¿qué le costaba poner un poco más de acción?, digo yo. Y en cuanto a lo de que es una historia de humor... ¡Oh, sí, me estoy riendo cantidad! ¡Uy, lo que me río!]

—¿Cuando quieres partir? —se rindió el monarca.

—He hecho un largo camino a pie hasta aquí, mi señor. Partiría de inmediato, pues cada hora quizá cuente. Pero mi padre me enseñó que las prisas son malas consejeras, [Consejo paterno, para quedar bien.] y que nada hay mejor que un cuerpo descansado para tener una mente despierta. Así pues, con vuestro permiso, descansaría esta noche y partiría al amanecer. Necesitaré únicamente un caballo.

—Vas a necesitar algo más que un caballo —repuso el rey.

—Comida y agua.

—Y una armadura, un escudo, una lanza, una espada, un arco y un buen carcaj lleno de flechas.

—No creo que sea menester tanto.

Se calló al ver la cara del rey.

—De acuerdo, mi señor —se rindió Ezael.

—¿Puedo hacerte una pregunta? —inquirió el triste soberano, convencido de que su muy bella hija estaba perdida.

—Pues claro, majestad. Soy vuestro súbdito más humilde.

—¿Arriesgas la vida por merecer la mano de Brunilda, por poseer la mitad del reino o por las dos cosas a la vez? Quiero conocer tu motivación para saber qué clase de valor inunda tu alma.

—Sería absurdo pretender que la muy bella princesa tuviera que casarse conmigo sólo por el hecho de haber cumplido con mi deber, majestad. [¡Plas! ¡Plas! (Aplausos).] Así que en modo alguno la obligaré a unirse a mí, salvo que, por un extraño milagro, me amara de corazón. En cuanto a poseer la mitad de vuestro reino... Decidme, ¿qué haría yo con tanto? —el muchacho se encogió de hombros con naturalidad—. Lo único que me mueve, mi señor, es mi voluntad de hacer lo que debo hacer, y mi ciega fe en que todo saldrá bien y la paz y la felicidad volverán a nuestros hogares. ¿Acaso podría aspirar a más? [Noble, lo es. Muchísimo. El más noble. Pero aunque yo parezca un Sentido Común frío o una Conciencia indiferente, en serio, ¿creéis que esto es creíble en la Era de la Informática? ¿Por qué los cuentos son tan inocentes?]

Loco de atar. Pero, a veces, los locos tenían golpes ocultos.

El rey miró a espaldas del candidato.

Nadie más.

El único de los habitantes del Viejo Reino dispuesto a acometer la gran empresa.

—¡Sea pues! —se rindió—. Descansa esta noche, cena, prepárate, y mañana parte con mi bendición y el empuje de todos nosotros para cumplir con tu misión.

—¡Os devolveré sana y salva a la princesa, mi rey! [¡Sí, señor, esto es coraje! ¡Y lo bien que queda!] —aceptó entusiasmado Ezael.

La asamblea tocó a su fin. [Me lo veo venir. Pelea con el dragón, el chico está a punto de morir, le tira una piedra que le da en el cuerno y ésa es su parte débil, lo mata... y la tal Brunilda que se enamora y todo. ¿De verdad vais a seguir leyendo esto? ¡Pero si está más visto que...!]

Capítulo 2

**De cómo en la noche previa a la gran partida,
el avezado Ezael conoció a la muy especial
y peculiar Mileya y se hizo eco de su petición.**

Aquella noche, bañado, cenado, ungido con aceites
olorosos y con las medidas tomadas para que al día
siguiente tuviera la armadura lista para el combate,
el buen Ezael contemplaba la hermosura de Gargántula desde el balcón de su aposento en el palacio de
Atenor. Las luces brillaban mortecinas bajo la noche
estrellada extendiéndose igual que un manto a sus
pies. La luna llena destacaba las altas cumbres ne-
vadas a lo lejos, creando aquella sensación de magia
y aislamiento tan esenciales en la vida de los habitantes del Viejo Reino. [*Manto estrellado, luna
llena... Sólo falta la música.*]

No tenía miedo.

Sus sentimientos, sus sensaciones... eran ex-
traños. Inquietos.

Apenas dos días antes estaba trabajando la tierra, en su pueblo, con sus hermanos y hermanas, su padre y su madre. Reían y hablaban como solían hacerlo siempre, felices, cuando los pregoneros del rey llegaron con la triste nueva.

Y, en aquel mismo instante, decidió que su destino estaba sellado.

O devolvía la paz al reino, y a Brunilda con su padre, o perecería en el intento.

Por fin su vida tenía un sentido.

—Si crees que has de hacerlo, ve —le dijo su madre.

—Fíate siempre de tu instinto —le dijo su padre.

—Estaremos contigo —le dijeron sus hermanos y hermanas. [La familia perfecta.]

Ezael no sabía cómo se luchaba contra un dragón.

Ni siquiera sabía luchar.

Sus ojos se entristecieron por primera vez. Tenía que dormir, descansar, y descubría de repente que no era tan fácil. La dimensión de su titánica empresa se le acababa de revelar como algo gigantesco. Sus manos de campesino...

—No pareces gran cosa —dijo una voz a su espalda.

Volvió la cabeza y apenas si consiguió parpadear un par de veces, fascinado y maravillado por aquella presencia. No la había oído entrar. Era una muchacha, de más o menos su edad, con rostro pícaro, [Una chica. A ver con qué nos sale ahora.] tan alta como él, de cabello negro [*Bueno, por lo menos no es rubia. Será la criada.*] y facciones limpias, ojos grandes, labios firmes, aspecto luminoso. Vestía con cierta informalidad, pese a que por su aspecto...

—¿Quién eres? —quiso saber Ezael.

—¿No lo adivinas?

—No.

Ella caminó hasta él. Su imagen era muy serena. Resultaba agradable. Ni extraordinariamente bella ni espectacular, aunque seguía flotando en su porte y en sus gestos algo que la hacía especial.

—Mi nombre es Mileya —dijo.

Ezael se quedó pálido.

¡La hija pequeña del rey! ¡La hermana de la hermosa y sin par Brunilda! [*Así que el rey tiene otra hija. Esto se anima. Menos mal.*]

—¡Oh, perdonad, mi señora! —se inclinó el muchacho.

—¡Eh, eh! —impidió que continuara su acción—. Estamos solos. Déjate de formalidades.

—Es que...

Ezael no supo qué decir. ¿Qué estaba haciendo la joven princesa en sus aposentos? A duras penas resistió su mirada mitad expectante mitad triste.

—¿Por qué has venido aquí? —le preguntó ella.

—Para rescatar a vuestra hermana.

—¿Así, por las buenas?

—No os entiendo.

—¿Tienes algún poder oculto, un sortilegio mágico que te ampare, te transformas en un león al pronunciar un conjuro, te haces invisible...? [*Otra que va de ingenua.*]

—Yo no poseo ninguna de esas habilidades, princesa.

—Entonces, ¿cómo pretendes rescatar a mi hermana?

—No lo sé.

—¡Ay, señor! —suspiró abatida Mileya—. ¡Lo que imaginaba! ¿Estás loco?

—Bueno, hay que intentarlo, ¿no?

Volvieron a mirarse intensamente a los ojos. En los de la joven titiló [*¡uy, qué fino es! ¡"Titiló"!*] un destello de abatimiento.

—¿Cómo te llamas?

—Ezael.

—Si pudieras conseguirlo...

El destello se hizo más fuerte.

—Sé lo mucho que sufrís por vuestra hermana, mi señora. Os juro que...

—¿Sufrir? —los ojos de Mileya se agrandaron—. Si alguien ha de estar sufriendo ahora mismo es ese pobre dragón, amigo mío. ¡No sabe lo que ha hecho, el animalito! [*Ésta sí que es buena.*]

—Me temo que no... os entiendo, princesa —parpadeó Ezael.

—Mi hermana es insoportable —lo dijo entre resignada y consecuente. Y lo recalcó—: In-so-por-ta-ble. Es la mujer más guapa del reino, pero ya ves, tiene 23 años y sigue soltera porque no encuentra un pretendiente adecuado. O por lo menos adecuado a sus gustos. Lo quiere alto, guapo, rubio y de ojos azules. ¡De cuento de hadas! [*Oh, qué astuto, en un cuento de hadas habla de un cuento de hadas.*] Se le ha puesto un carácter...

Ezael no supo qué decir. Pero la vehemente Mileya sí.

—Parece que su búsqueda se ha convertido en un auténtico imposible, porque no ha dejado de recorrer los siete valles y casi todos los pueblos buscando el ideal de sus sueños sin éxito. Así pues, es ya una vieja que sigue soltera a sus años. Ésa es la razón de que se pase el día enfurruñada, y cada vez de peor humor. [*O sea que Brunilda es de armas tomar. Pues bueno.*] Y ésa es la razón de que, por su culpa, yo me vea en la obligación de esperar mi turno, puesto que, de acuerdo con la ley, no puedo casarme antes que ella.

Ezael no supo qué decir.

—¿Comprendes ahora de qué va la cosa, mi quimérico campeón?

—S-s-sí, señora.

—¡Oh, vamos, no me llames señora! ¡Tengo 18 años!

—Es que... —Ezael seguía confuso.

Jamás había estado delante de una princesa. Y jamás había hablado con una muchacha tan diferente y única.

Tan bonita.

Bonita y eclipsada por la fama de Brunilda. La mujer más hermosa del Viejo Reino.

—Júrame que te esforzarás al máximo —le pidió Mileya de pronto, sujetándole los brazos con sus manos.

Ezael se sintió como si lo atravesara una descarga.

—Lo... juro.

—Mi padre está mayor. Si hubiera sido más joven, habría ido él mismo en busca de ese dragón. Desde que murió mi madre, la reina, ya no ha sido el mismo. Si hubiera una esperanza... [¿La reina muerta? Claro, así es más cómodo y oportuno. ¡A que lo acusan de machista y misógino! ¿Cómo puedo ser el Sentido Común de un escritor con tan poco sentido común?]

—Confiad en mí, señora.

—Ezael.

—¿Qué?

—Mi nombre es Mileya.

—Confiad en mí, princesa Mileya.

—Ezael.

—¿S-s-sí?

—Di "confía en mí, Mileya".

—Confía en... mí, Mileya. [Ya se tutean.]
Ella suspiró.

—Suerte —le deseó, encogiéndose de hombros.

Su última mirada no fue de mucha confianza, sino más bien la despedida de alguien a quien no se va a volver a ver. La princesa bajó la cabeza y se encaminó a la puerta.

Antes de atravesarla, algo cayó de su mano.

Para cuando Ezael reaccionó y recogió aquel pañuelo de seda, Mileya ya no estaba al alcance de sus ojos. [*A mí esto sigue sin gustarme. Es lo que parecía cuando hablamos: un vulgar cuento de princesas y dragones. Y ahora lo del pañuelito. ¿Una prenda de amor?*]

Capítulo 3

De cómo inició Ezael al amanecer del nuevo día su arriesgada misión y se convirtió en caballero de la muy Real Orden del Lagarto.

[Por cierto, estos encabezamientos también son una cursilada. Cervantes ya lo hacía en El Quijote.]

Por la mañana, después de haber conciliado el sueño a duras penas, Ezael fue bañado por una docena de serviciales manos, alimentado con esmero, igual que si se tratara de la última comida de un condenado, y finalmente acabó siendo embutido en una armadura tan grande que casi podía moverse por su interior sin necesidad de hacerlo por fuera. Cuando se miró en un espejo, no se reconoció.

De pronto medía dos metros y su aspecto era impresionante, terrible. A lo mejor, con suerte, el dragón se moría del susto al verlo. *[¡Ja, ja, ja! (Pura ironía).]* La armadura era plateada, brillante y reluciente, con un yelmo puntiagudo y un alado penacho de plumas igualmente metálicas, pero doradas, a ambos lados de la cabeza. Para su desgracia, dadas las dimensiones del conjunto y lo flaco que estaba él, la visera le quedaba demasiado alta, así que no veía bien. Tuvo que ponerse de puntillas. Encima, al caminar...

¡Clang, clang, clang! [Eso ha salido en una película.]

El ruido, así de buenas a primeras, era como para alertar al dragón a un día de distancia. El peso de tanto hierro, a continuación, requería un esfuerzo sobrehumano, con lo cual a los doce pasos ya estaba agotado. Para seguir, el calor. Aquello era como estar en un baño de brasas. En cuanto saliera a la luz del sol, seguramente se asaría de arriba abajo.

Lo peor, sin embargo, fue lo último.

Cuando le dieron su espada.

Quiso levantarla y no pudo. Hizo acopio de fuerzas, contuvo la respiración, la tomó con las dos manos y...

Lo consiguió, lo consiguió...

Aunque no del todo. Cuando la espada estaba a un metro del suelo, Ezael acabó desequilibrándose por completo. O la sostenía sin más o se le caía a peso. Y al pretender alzarla lo único que logró fue caerse hacia atrás, cuan largo era.

¡Cataclang! [¡Y lo que le gusta montar el número!]

Fue igual que si un gong esparciera sus ecos por las estancias. El sonido rebotó de un lado a otro, y hasta en las casas más próximas al palacio de Atenor, al pie de la colina de Isar, algunos hombres, mujeres y niños levantaron sus cabezas para mirar hacia arriba.

—¿Estáis bien? —corrieron a auxiliarle.

—Sí, sí... es que...

No se atrevió a decirles que aquello era excesivo.

Un campeón tenía que llevar armadura y espada.

Pero al ver los rostros de los que le rodeaban, sintió todo su desánimo. Si antes ya no le concedían la menor oportunidad, ahora, después de su "demostración"... *[El mayor antihéroe. Lo que se lleva: el tonto de turno que todo lo resuelve más por torpeza que por genio.]*

Como pudo, sostenido por varios sirvientes que le ayudaron a desplazarse sin caerse ni tropezar con cuanto se cruzara en su camino, fue conducido a presencia del rey. Con el yelmo levantado, a Ezael sólo se le veía la frente y la parte superior de los ojos. Volvió a ponerse de puntillas dentro de la armadura, aunque el miedo a caerse de nuevo le hizo tomar precauciones.

Máxime al verla a ella.

Mileya.

Sentada junto a su padre para despedirlo, impertérrita, aunque sus ojos lo decían todo.

O sufría por su suerte y la de su hermana, o tenía dolor de estómago... O por dentro se estaba riendo de lo lindo.

—Ezael —dijo el rey—. Suceda lo que suceda en tu peripecia, has de saber que tu gesta pasará a los anales del reino.

Empezaba a darse cuenta de que así era.

El "casi héroe" más fugaz de la historia.

—Pondré todo mi empeño en esta causa, mi señor —logró decir.

Su voz, proveniente del interior de la armadura, tuvo ecos metálicos, igual que si hablara desde el fondo de un pozo muy profundo.

—Nos consta que así será —manifestó el monarca.

—Volveré con la princesa Brunilda y la cabeza del dragón o moriré en el empeño —afirmó el muchacho.

Nadie le respondió. Las miradas se hicieron más tristes.

Sobre todo la de Mileya.

Ezael, que llevaba el pañuelo recogido la noche anterior atado a la muñeca, lo rozó con los dedos de la mano.

¿Por qué, de pronto, le latía tan rápido el corazón? [Porque se ha enamorado de la chica, ¿por qué va a ser, si no? Y como encima salve a la hermana mayor, porque para algo es el héroe de la historia, y ella insista en casarse con él… ¡Madre mía! ¡Menudo culebrón!]

—Parte pues, hijo mío —el rey se puso en pie—. Estamos contigo.

Hizo algo más. Se acercó a él y le puso ambas manos sobre los hombros. Como el rey era bajito y acababa de descender los tres escalones que separaban el trono de la sala, Ezael dejó de verle. Se quedó muy quieto. Empezó a sudar todavía más.

—Desde este día, yo te nombro caballero de la muy Real Orden del Lagarto, prócer del Viejo Reino y adalid de Gargántula —el soberano lo golpeó en el hombro derecho.

—Gracias, majestad —consiguió decir desde el fondo de la armadura.

—Te acompañaré a la puerta de palacio —oyó decir al soberano.

Ezael continuó inmóvil. No sabía en qué lado se había colocado el rey. Si daba un mal paso y lo derribaba al suelo, su aventura terminaría antes de empezar. [Esta escena, por lo menos, tiene gracia.]

—¿Vamos?

Miró angustiado a Mileya. La muchacha debió de comprender el apuro, porque con los ojos señaló hacia su derecha. Ezael inició el giro de su cuerpo por la izquierda.

No sucedió nada.

El "¡clang-clang!" de sus pasos lo acompañó a lo largo de la sala del trono.

Hasta que al llegar a la escalinata...

Tuvo que mirar hacia abajo, a la fuerza, para ver los escalones y hacerse una idea de cómo moverse a continuación y dónde poner los pies. Pero le bastó con doblar el cuerpo un poco para perder de nuevo el equilibrio debido al peso de la armadura. Estuvo a punto de agarrarse a su majestad.

No lo hizo.

—¡Aaaah…!

Ezael rodó por la escalinata. O mejor dicho, él rodó dentro de la armadura y ella por los escalones. Como los escalones eran doce, fue como si sonaran doce campanadas en Gargántula a primera hora de la mañana. [*Patético. Las novelas de antihéroes o de héroes torpes son casi tan malas como las de héroes guapos y bla-bla-bla. Siempre hay caídas. El recurso más fácil.*]

Los dos caballos que esperaban la llegada de su dueño, uno para él y otro para la futura rescatada, tuvieron que ser sujetados por las bridas por sus cuidadores para no salir de estampida.

Ezael no dejó de rodar hasta llegar bajo sus patas.

El silencio se hizo sepulcral.

—¿Alguien me ayuda a levantarme? —dijo falsamente jovial—. Esta prueba de resistencia ha salido perfecta. [*Me parece que yo paso de leer todo esto. ¡Vaya rollo! ¿Y tú, qué? ¿No tienes nada mejor que hacer, o es que te lo mandan en la escuela? ¿De veras quieres seguir?*]

Capítulo 4

**De cómo partió Ezael por los caminos
del Viejo Reino, rumbo a la Garganta de Ozcor,
para luchar con el dragón y rescatar
a la princesa Brunilda.**

La noticia de que había surgido un campeón para enfrentarse al dragón y liberar a la princesa Brunilda ya se había extendido a lo largo y ancho del reino. En los cuarenta y nueve pueblos, además de Gargántula, la capital, la esperanza de los súbditos había renacido tras la incertidumbre del comienzo, debido a las malas noticias del rapto de la hija del rey. No quedaba apenas rincón en cualquiera de los siete valles y los nueve lagos en el que no se conociera ya el nombre de Ezael y se rogara por el éxito de su empresa.

En el camino que conducía al extremo oriental del Viejo Reino, donde se encontraba la Garganta de Ozcor, decenas de personas esperaban el paso del héroe.

Y, claro, al ver la gallarda armadura, reluciente bajo los rayos del sol, la lanza apoyada en la cincha, la espada colgando del arnés, el escudo con los blasones de la casa real, el arco y las flechas, el bellísimo caballo blanco...

A nadie le quedaba la menor duda de que el dragón estaba perdido.

Ezael tenía que ser un héroe.

—¡Viva!

—¡Salvad a la princesa, caballero!

—¡Honor y gloria!

—¡Acabad con la bestia!

—¡Ganad la mano de la princesa! *[Puro reality show. Y eso que en el Viejo Reino no hay tele.]*

Ezael había tratado de quitarse el yelmo, pero el efecto era aún más grotesco, pues entonces por la parte superior de la armadura sólo se veían su frente, sus ojos y la enmarañada masa capilar que coronaba su cabeza. Una imagen muy poco afortunada. Por suerte, el caballo que montaba y que respondía al nombre de Valiente *[Muy oportuno.]* daba la impresión de conocer el camino y marchaba a su aire, resoplando de tanto en tanto por el excesivo peso que se veía obligado a soportar. Ezael se preguntaba si el pobre animal resistiría todo el trayecto.

El otro caballo, que se llamaba Lucero, *[En todas las novelas, Lucero es nombre de mula.]* estaba reservado para Brunilda, así que su silla no era la apropiada para un jinete, sino para una amazona consumada. La posibilidad de cambiar de montura quedaba, por lo tanto, eliminada.

—Moriré ahogado —se dijo el paladín—. El sudor formará una laguna que subirá y subirá hasta sumergirme por completo en esta trampa de metal.

A mediodía, con el sol en todo lo alto, sus más funestas predicciones empezaron a cobrar forma. Le dolía el cuerpo, estaba empapado, de tanto estirar el cuello para ver el camino tenía tortícolis, se moría de hambre y, encima, como cualquier ser humano por héroe que fuera, sentía unas poderosas ganas de resolver ciertas necesidades fisiológicas. [¡Qué ordinariez! ¡En ninguna novela he visto yo que el chico haga pipí o caca! ¿Esto es un libro de aventuras o va de realismo crítico?]

Había rebasado ya tres pueblos entre vítores y aplausos. Le quedaban un par de kilómetros para el siguiente y no se veía a nadie cerca. La zona estaba despejada. Ezael no lo dudó un instante.

—¡Alto, párate!

Valiente le hizo caso. Lucero, por si las moscas, no se acercó, temeroso de que la pretensión del jinete fuera cambiar de montura. Ezael intentó desmontar de la forma más digna posible.

No pudo.

Le habían subido entre cinco lacayos, pero ahora estaba solo.

¡Cataclang! [Llevaba rato sin caerse y hay que recordar que es un antihéroe.]

Lo tenía asumido, así que en lo único que le dolió el batacazo fue en su amor propio. Cayó de bruces, y con tan mala fortuna que el yelmo se le encasquetó aún más en la cabeza mientras que el extremo frontal se le hundió en tierra. Una vez en pie, cosa que logró tras ímprobos esfuerzos y nuevas caídas, pasó los siguientes diez o veinte segundos peleando consigo mismo para quitarse el maldito yelmo, y cualquiera, de lejos, en lo primero que habría pensado hubiera sido en que se estaba volviendo loco o que una avispa acababa de metérsele dentro de la armadura.

Por fin logró su propósito.

—¡Ah! —gritó con rabia.

Se encontró con las miradas de Valiente y de Lucero.

—¿Qué pasa, eh? —les amenazó.

Valiente soltó un relincho. Más bien pareció una risotada. Era la primera vez que veía la cara de su jinete. [Majo, el caballo.]

—Bueno —se resignó él—, veamos cómo me quito yo esto.

No lo tuvo fácil. Hubiera necesitado por lo menos a los tres ayudantes que le habían metido allí dentro, y estaba solo. Solo y desamparado en mitad de un camino. Logró sacarse un guantelete, otro, los protectores de los codos y los hombros, las rodillas, los pies, la parte frontal... Pieza a pieza quedó libre de aquella cárcel de metal hasta encontrarse con ella repartida a su alrededor. La sensación de alivio fue indescriptible.

Sin pensárselo dos veces, se ocultó detrás de unas matas y procedió a aliviarse de todas sus apreturas. [Una forma muy fina de decirlo.]

Cuando volvió al camino comprendió dos cosas: la primera, que jamás lograría volver a ponerse la armadura sin ayuda; la segunda, que era peor ir con ella que sin nada. Nunca podría enfrentarse al dragón allí dentro. Levantar la espada ya era un milagro, pero encima moverse a ciegas, con aquel peso...

—Se acabó —dijo lleno de convicción.

Recogió las piezas, las introdujo en una saca y las depositó sobre la silla principesca de Lucero. Le tocó relinchar a él porque de pronto se encontraba con aquella inesperada carga. En cambio, Valiente tenía las orejas en punta y los ojos muy vivos. La delgadez de Ezael lo animaba por completo.

Tras vestirse del todo, con unos calzones y una camisa limpia, el rescatador reemprendió el camino. Lo único que conservó, atado a su muñeca, fue el pañuelo de Mileya. [*¡Oh, qué bonito!*]

Al llegar al siguiente pueblo, se encontró con la misma escena de los tres anteriores: la gente agolpada en las calles, a ambos lados del camino real, escrutando su llegada.

Pero a diferencia de los precedentes, al verlo nadie lo vitoreó ni colmó de bendiciones.

La gente miraba detrás de él.

Comprendió la realidad cuando un hombre le preguntó:

—Perdona, hijo, ¿acaso eres el paje del gallardo caballero que acude en rescate de la princesa Brunilda?

Sin la armadura se parecía tanto a un héroe como una gallina a una jirafa.

Pero no se entristeció por ello. Al contrario. Se sintió aún más liberado.

Ahora disfrutaba del anonimato.

—Sí, soy su paje —tuvo que asentir, pues llevaba el escudo, la lanza, la espada y todos sus atributos de caballero—. Pero mi amo ha preferido atajar por el norte para llegar cuanto antes a la guarida del dragón. [Ya. ¿Y si le lleva las armas, con qué pelea el susodicho amo?]

Hubo cierto desencanto entre las gentes al correr la noticia, pero no faltó quien mostró todo su optimismo al asegurar:

—Lo veremos al regresar, con la princesa.

Entonces lo saludaremos con mayores motivos de felicidad.

Ezael comprendió el fervor de aquellas gentes, lo mucho que creían en él.

Se sintió todavía más desanimado.

Qué iluso había sido.

¿Cómo pudo creer, llegar a imaginar, que podría enfrentarse a todo un dragón para rescatar a una princesa y devolver la paz al Viejo Reino? [Eso, eso, ¿cómo pudo? ¡Que me lo expliquen! Porque una cosa es escribir un cuento y otra decir que las vacas vuelan.]

Atravesó el pueblo de lado a lado, y nada más salir del mismo comprendió que no podía cruzar ninguno más en aquellas circunstancias. Menudo héroe, con la armadura guardada y su aspecto de infeliz. La gente acabaría deprimiéndose. Por este motivo se salió del camino real y atravesó el primero de los valles esquivando la presencia de cualquier tipo de vida que pudiera encontrar. Se detuvo para comer a mediodía.

Al atardecer hizo un segundo alto en su marcha, junto al lago Vladuj, y fue entonces cuando...

Capítulo 5

De cómo se relata el encuentro que tuvo Ezael con la muy respetable bruja Glodomira, venerable anciana de 107 años de edad y su muy abundante surtido de hierbas curativas.

Ezael no estaba excesivamente cansado, pero las emociones de las pasadas 24 horas, el recuerdo de Mileya (cuyos ojos llevaba hundidos en su mente lo mismo que una daga, además del pañuelo en su muñeca), el peso y la responsabilidad de la empresa que había recaído sobre sus hombros... Por unos instantes todo desapareció cuando se metió en el lago y sintió aquel vivificante frescor inundando sus terminaciones nerviosas.

A veces intentaba imaginarse a la princesa Brunilda en las garras del dragón, y no podía. [Toma, ni yo.]

¿Para qué querría un dragón a una princesa? [Es lo mismo que nos preguntamos todos. ¿Para comérsela, en plan aceituna pero con pedigrí?]

¿Tal vez para contemplar su primigenia belleza, como cualquier mortal? [*Sí, hombre. ¿Pero no es un dragón? ¿Y eso de... "primigenia"?*]

Ezael se tumbó en la hierba, junto a la orilla del lago. Cerró los ojos un instante, para gozar de aquella paz. Su único propósito era relajarse unos segundos, diez, veinte...

Ni siquiera supo cómo, pero se quedó dormido. [*Menudo héroe. La chica "en las garras del dragón" y él va y se duerme.*]

Soñó que peleaba con el dragón, espada en mano, y que no le pesaba. Muy al contrario, podía sentirla suave como una pluma. Soñó que le vencía, que hundía el acero en su pecho y que de la herida manaba un torrente de brasas. Soñó que le cortaba el cuerno de la frente y luego la cabeza.

Soñó que Brunilda, viva, salía corriendo del fondo de la cueva en la que estaba retenida y se le echaba en los brazos prometiéndole su amor.

Entonces soñó que aparecía Mileya, muy enfadada, y que las dos hermanas se peleaban por su amor. [¡Ja!]

—¡Me ha salvado a mí! —gritaba Brunilda.

—¡Pero lo ha hecho por mí! —insistía Mileya.

Ezael quería echar a correr, pero no podía. Los pies se le habían incrustado en la tierra y estaban echando raíces.

Se convertía en un árbol.

Un árbol de grueso tronco y exuberantes ramas.

—¡Querido, viviré contigo! —proclamaba Brunilda dispuesta a hacerse una casita en la copa.

—¡No, yo me convertiré en el fruto de sus ramas!—insistía Mileya. [¿Y eso cómo se hace?]

Las dos hermanas volvían a pelearse, y, mientras, Ezael se incrustaba más y más en la tierra y su cuerpo se transformaba en un tronco y sus brazos en ramas. El rey mandaba a los leñadores que lo cortaran.

—¡No, no lo hagáis! —gritó.

—¿Qué es lo que no quieres que haga?

—¡Cortarme!

—No voy a cortarte.

—¿Ah, no? ¿Y esas hachas?

—No son hachas. ¿Por qué no abres los ojos y lo ves?

¿Abrir los ojos?

Ezael lo hizo.

No se hundía en la tierra. No se convertía en un árbol. Brunilda y Mileya no estaban allí peleándose por él. No había leñadores. A su lado la única presencia era la de una anciana de rostro venerable, surcado de arrugas, menuda y enteramente vestida de negro, con una capa. Llevaba un gorro puntiagudo y ladeado y sus ojos eran bondadosos.

Tenía las manos como sarmientos secos, pero también muy suaves. [¿La bruja, por un casual?]

Porque le estaba acariciando la frente con mimo.

—¿Quién eres? —preguntó él.

—Mi nombre es Glodomira, ¿y el tuyo?

—Ezael.

—¿De dónde eres, Ezael?

—De Sabayir.

—Vaya, estás muy lejos de tu casa —dijo Glodomira.

Ezael recordó su misión, el alto en el camino junto al lago, la sensación de paz al cerrar los ojos unos instantes...

¡Se había quedado dormido!

¡Y el día llegaba ya a su ocaso!

—¡Oh, no! —gimió.

Todos confiando en él. La pobre princesa cautiva y sola. Ezael sintió un dolor tan fuerte en su pecho que pensó que iba a atravesárselo. Aquella paz tan hermosa no había hecho más que traicionarle.

—No ha sido culpa tuya —repuso la anciana—. Te has tumbado al lado de estas inocondas, ¿ves? —señaló unas matas verdes y esponjosas—. Son las que te han adormecido.

—¿Inocondas? Nunca había oído hablar de ellas. [*Pues yo tampoco.*]

—Porque la tradición de las plantas se ha perdido, como todo. Pero son unas adormideras muy potentes, especialmente al declinar la luz. No te habrías despertado hasta mañana por la mañana, cuando de nuevo el sol hubiera neutralizado su poder.

—Entonces, ¿no ha sido un descuido mío?

—Ignorancia, sí —repuso Glodomira—, descuido no, puesto que nadie más que yo conoce el poder de las inocondas...Ahora, dime, ¿qué estás haciendo por estos parajes?

—Voy... —miró a la anciana frunciendo el ceño—. ¿No has oído hablar de mí?

—No.

—Ezael —le repitió su nombre.

—No.

—Un dragón perverso y maligno ha raptado a la princesa Brunilda. [*Perverso y maligno. Cuando a un escritor le da por ponerse literato...*] El rey me ha enviado a rescatarla.

Glodomira lo observó fijamente.

—Será mejor que vengas conmigo —dijo al cabo de unos segundos de incertidumbre—. Va a anochecer y no puedes quedarte aquí.

Ezael se incorporó algo atontado. [*No es el único que está "atontado" con todo esto.*]

Valiente y Lucero no parecían haber sido afectados por las inocondas.

Glodomira ya caminaba hacia el bosque.

—Espera —la detuvo—. ¿Adónde me llevas?

—A mi casa, en el corazón del Bosque Umbrío.—

¿El Bosque Umbrío? —se estremeció—. ¿No es un lugar peligroso?

—Sólo si no lo conoces, y yo vivo en él —sonrió la anciana, y al hacerlo le mostró sus escasos siete dientes. [*¿Cuántas veces sale en los libros de Jordi el número 7, o sus múltiplos, o sus variaciones, o...?*]

No tenía otra alternativa. De noche era imposible avanzar, y si se quedaba por los alrededores y volvía a sumirse en aquel sueño tan extraño...

Tomó las bridas de los dos caballos y fue tras la anciana, quien, pese a su edad, caminaba a buen paso. De vez en cuando se agachaba para recoger algo del suelo, una oruga, una mata, una flor.

—Orugas rojas, rarísimas en esta época.

Eucalopta, muy buena para la digestión si se arranca justo a esta hora —hablaba más para sí misma que para él, en voz baja—. Antaya de hojas partidas, me estaba quedando sin reservas.

—Antes no te ha sorprendido cuanto te he dicho lo de la princesa—se interesó Ezael.

—Porque vivo apartada de las cosas mundanas— se encogió ella de hombros.

—Pero la princesa...

—Por lo que he oído, es una mujer capaz de valerse por sí misma.

—¿Con un dragón?

—¿Y desde cuándo hay dragones en el reino?

—No lo sé. Pero desde luego ha sido uno.

—¿Tú lo has visto?

—No.

—Entonces no hagas caso de lo que digan los demás —se agachó de nuevo para recoger un extraño caracol—. Interesante: un *buffy* de cáscara doble.

Ezael vio cómo lo guardaba, junto a todo lo demás, en una bolsa que llevaba prendida de la cintura.

—¿Por qué recoges todas esas cosas? —quiso saber. [Porque es una bruja, hombre.]

—Las necesito.

—¿Eres una curandera? [A este prota si lo hace más tonto se sale.]

—No, soy una bruja.

Ezael se quedó rígido.

—¿Una... bruja? [¡Que sí, una bruja, una bruja!]

—Sí.

—¿Cómo de... bruja? —vaciló.

—Pues... bruja-bruja —Glodomira puso una cara la mar de divertida—. Sólo hay un tipo de brujas. [Ahora dirá que menos ir en una escoba, que eso es cosa de los cuentos, las brujas son normalísimas.] Menos ir en una escoba, que eso es cosa de los cuentos para niños, la mayoría somos normalísimas.

—¿Y eres...? —no se atrevió a hacer la pregunta. [¿Le está preguntando en serio si es buena o mala?]

—Tranquilo, Ezael—volvió a reír mostrando sus siete dientes, y agregó—: ¿No irás a tener miedo de una anciana de 107 años?

—¿Tienes 107 años? —abrió unos ojos como platos.

—Cuidado, no se llama el Bosque Umbrío porque sí.

Estaban ya adentrándose en aquel lugar de leyenda. Había oído hablar de él, pero nada más. El bosque más impenetrable del Viejo Reino, un lugar

poblado de magia y lleno de historias fantásticas
que solían contarse en los pueblos durante las noches de fiesta.

Jamás hubiera creído que un día estaría allí.

Valiente relinchó inquieto.

Lucero lo secundó.

—¿Vives sola?

—Sí.

—¿Cómo...?

No pudo terminar la pregunta.

Cayó de bruces sobre un fangal al tropezar
con una raíz y para postre...

—Oh, vaya, qué mala suerte —oyó suspirar
a Glodomira—. Eso es esencia de mangral, la resi-
na más pestilente y pegajosa del bosque. [¿Cuántas veces se ha caído "el héroe" ya?]

Capítulo 6

De cómo Glodomira se llevó al esforzado Ezael a su cabaña del Bosque Umbrío y le dejó pasar la noche bajo techo antes de reemprender su camino.

Ezael tuvo más cuidado desde ese momento. La esencia de mangral olía de muerte, pero quizá hubiera cosas peores. En cuanto a lo de que era pegajosa... A los cinco minutos, más que humano, semejaba un árbol, porque todo lo que caía de las ramas o flotaba en el aire se le iba adhiriendo sin remisión. Atraía cuanto pasaba a menos de medio metro de él. Valiente y Lucero lo miraban con absoluta desconfianza y apartaban el hocico con visibles muestras de desagrado. La anciana bruja parecía divertida. La oscuridad comenzaba a ser bastante densa pero ella debía de tener ojos de búho.

—¿Por qué no vamos a caballo? —propuso el muchacho.

—No seas pusilánime. [*Oh, ya soltó la palabrita. ¿Algún niño sabe qué quiere decir pusilánime? Y, además, ¿qué bruja emplearía "pusilánime"?*]

Continuaron caminando.

—Cuidado con esa roca —le advertía a veces—. Y atención a esa planta, que es venenosa.

El Bosque Umbrío acabó antojándosele un pequeño infierno de trampas y sorpresas.

Y entre el hedor y todo lo que se le iba pegando...

—Bueno, ya hemos llegado —dijo de pronto Glodomira.

—¿Adónde? —Ezael no veía nada.

—Primero vamos a quitarte este mal olor.

La anciana se agachó, recogió unas hojas del suelo, las frotó y las echó sobre un diminuto charco que no debía de medir más de dos palmos de diámetro. Luego tomó agua formando un cuenco con ambas manos, se acercó a Ezael y se la echó encima.

Lo pegajoso no desapareció, pero el mal olor...

—¡Ahora huele a rosas! —exclamó sorprendido.—

Será mejor apretar el paso —se puso en marcha ella.

—¿Por qué?

No tuvo que responderle. Una docena de bichos salidos de la nada zumbaron en torno a él, atraídos por aquella esencia. Y venían más.

—Pues no sé qué era peor —comenzó a perseguirla Ezael.

Por suerte ya no estaban lejos. En mitad de un calvero natural apareció una cabaña como de cuento de hadas, hecha con madera y adobe, rodeada de flores y con un pequeño corral lleno de gallinas, conejos, cerdos y otros animales. Tenía las ventanas pintadas de verde y por la chimenea fluía un tenue humo de color violeta. [*¡Qué bonito! ¿Hansel y Gretel?*]

Ezael corrió aún más. Los zumbadores ya sobrepasaban las tres docenas, e insistían en posarse en lugares tan peregrinos como la punta de su nariz.

—Tú —le frenó Glodomira—. Allí puedes lavarte y quitarte esa ropa pegajosa.

Se refería a un pequeño estanque.

—Pero es que ya es de noche, y...

—¿Quieres que te haga desaparecer? [*¡Sí, sí!*]

—No, no.

No sabía si hablaba en serio o en broma. Ni siquiera tenía todavía claro que fuera una bruja, porque lo de las hierbas no había sido para tanto.

Cualquiera con nociones de las propiedades de las plantas hubiera hecho lo mismo. Y si vivía en el Bosque Umbrío...

Claro que, ¿quién iba a vivir allí, si no fuera una bruja?

Hizo lo que le decía Glodomira. Ató los dos caballos a un árbol, los liberó del peso, especialmente a Lucero, que seguía con la armadura desmontada sobre la silla principesca, y luego fue al estanque. Se desnudó y se metió dentro. El agua estaba caliente, perfecta. El baño le hizo sentirse mejor y más optimista, aunque cada vez que pensaba en Brunilda y el dragón se le encogía el ánimo.

Él allí, tan ricamente, y la princesa sufriendo entre las garras de la bestia.

Si aún estaba viva.

Oh, sí, tenía que estarlo. [*Mira que son inocentes. El prota del libro y el escritor. Los dos. ¿Por qué no iba a estar viva? ¡Es una novela y se supone que la chica no puede morir ni acabar mal la historia! ¿Quién va a leerlo si termina mal? Todo el mundo sabe que los cuentos acaban bien. Menuda sorpresa.*]

Ezael lavó también su ropa y la dejó junto al estanque. No supo qué hacer estando desnudo.

—¡Tienes ropa limpia en la parte de atrás! —le gritó Glodomira desde la casita.

Justo a tiempo. Fue a la parte de atrás y encontró lo necesario: unas medias, unas calzas, unos pantalones y una camisa. Sintiéndose mucho mejor entró en la cabaña.

Y entonces ya no le quedó la menor duda de que la anciana era quien decía ser: una bruja. [*Un poco lento de entendederas, el chico.*]

El lugar parecía mucho más grande por dentro que por fuera. Estaba repleto de viejos, viejísimos libros de cubiertas gastadas y de estantes llenos de tarros con pócimas de colores o hierbas semejantes a las que había visto arrancar. No faltaban cuencos con caracoles, rabos de lagartija, piñas, cáscaras y otras cosas que ni remotamente hubiera imaginado para qué pudieran servir. En la chimenea y sobre unas brasas a medio consumir, algo hervía en una marmita de regulares proporciones. [*A mí eso de las "regulares proporciones" que siempre sale en las novelas... Las cosas son grandes, medianas o pequeñas.*] El humo de color violeta que salía por la chimenea procedía de ella. Entre tantas cosas vio también una mesa, dos sillas, una cama y un búho de enormes ojos que lo miraba desde una oquedad en la parte superior de la pared de la derecha.

—¿Tienes hambre? —preguntó Glodomira.

Ezael miró la marmita.

—No —mintió.

—No voy a darte de eso, tranquilo —repuso ella—. Aunque quedarías muy reluciente por dentro, porque es abrillantador de árboles.

De una alacena sacó una exquisita fuente de embutidos y quesos. De otra, varias hogazas de pan. Al muchacho se le hizo la boca agua.

—Come. Mañana te espera un día muy duro.

Eso era cierto.

Así que comió.

—¿Por qué vas tú a rescatar a la princesa? —preguntó la dueña de la cabaña cuando ya casi no podía más.

—Sólo yo me presenté al llamado del rey.

—Eso te honra —ponderó la anciana—. ¿Por qué lo hiciste?

—No lo sé—dijo sinceramente.

—Algo te motivaría.

—El instinto. Antes de darme cuenta ya estaba de camino, y con la bendición de los míos.

—¿Ha prometido el rey la mano de la princesa a quien la libere, y la mitad de su reino?

—Sí.

—Entonces...

—Pero yo no lo hago por eso. Jamás podría casarme con una princesa. Dicen que Brunilda es la más bella entre las bellas. Y con la mitad del reino... ¿qué iba a hacer? [¡Pues vivir de fábula, chico, digo yo!]

—Puede que tu corazón anhelara aventuras.

—Puede.

—¿Eres soñador?

—Sí.

—Pero enfrentarte a un dragón es peligroso.

—Lo imagino.

—De todas formas... —Glodomira hizo un gesto desabrido—, hay algo que no me cuadra. [A mí me pasa lo mismo, pero con todo.]

—¿Qué es?

—Lo del dragón.

—¿Por qué?

—Nunca ha habido dragones en el Viejo Reino. ¿De dónde ha salido ése?

—Puede que del otro lado de las montañas, de la Tierra Incierta.

—Sigue sin cuadrarme. ¿Nadie lo había visto antes de llevarse a la princesa?

—Al parecer, no.

—O sea que llega hasta Gargántula, rapta a Brunilda, lo cual ya tiene mérito porque su carácter es de cuidado, y luego se la lleva sin más.

—Pues... sí.

—Que no, que no me cuadra.

Ezael se la quedó mirando sin entender nada. [*Pues si el prota no pilla la onda...*]

De pronto volvía a estar cansado, muy cansado, con la barriga llena y la emoción de su primer día como héroe.

—Bien —suspiró Glodomira—. ¡Hay que descansar! En la parte de atrás hay un establo con paja. Dales una parte a tus caballos y luego puedes usar el resto como cama. ¿De acuerdo?

¿Qué otra cosa cabía hacer?

—De acuerdo —asintió.

Capítulo 7

**De cómo Glodomira entregó a Ezael dos
pequeños, pequeñísimos presentes, para
ayudarlo en su gran hazaña de matar
al dragón y liberar a la princesa.**

Cuando abrió los ojos al amanecer, con la primera
claridad, Ezael se sintió mitad esperanzado y ani-
moso y mitad abrumado y diminuto. Lo mismo que
la noche anterior, en palacio, tuvo sueños extrava-
gantes. Pero el mejor fue el que compartió con la
princesa Mileya.

Le dolía descubrir que él, un simple súbdito
de su majestad, estaba enamorado.

Fue al estanque a lavarse, y después se puso
su propia ropa, ya limpia y seca. Por la chimenea de
la cabaña salía ahora un humo de color anaranjado.

No tuvo tiempo de preguntarse si Glodomira se hallaba ya en pie porque la vio aparecer por
una de las ventanas.

—¡A desayunar!—le llamó.

La mesa estaba puesta. Había leche, pan, fruta, y también queso. El pan y el queso debía de hacerlos ella misma. Sin duda una mujer singular.

Bruja o no.

Aunque si lo fuera... [¿Todavía a vueltas con eso?]

—¿De verdad eres una hechicera? —se lo preguntó empleando su mejor tono.

—Come y calla —le replicó ella.

—Es que si lo fueras, podrías ayudarme —insistió Ezael.

—¿Quieres que vaya contigo?

—Me refiero a que podrías prepararme algo, un filtro, ya sabes —tanteó él—. Una poción mágica para tener más fuerza y poder vencer al dragón, o tal vez si tuvieras una capa para hacerme invisible y así salvar a Brunilda sin que me vea... [O sea, la poción de Astérix o la capa de Harry Potter, qué original. ¡Que esto ya está inventado!]

—Me parece que tú has leído muchos libros de fantasía.

—O sea que no eres una bruja.

—Claro que lo soy.

—Entonces...

—En primer lugar, las cosas no han de ser tan fáciles. ¿Qué quieres, que te lo resuelva todo? Pues vaya gracia. Para eso no hacía falta que te movieras de tu pueblo ni que quisieras ser un héroe. En segundo lugar, yo no tengo capas de ésas porque no existen, ni puedo hacer pociones como la que me pides en un abrir y cerrar de ojos. Hasta la más sencilla tiene su proceso. La poción para tener más fuerza tarda en fermentar unos nueve meses.

—¿Y otra más rápida?

—¿Cuál? ¿Una para quitarte los granos de la cara? ¿La de los sueños felices? ¿O prefieres la de la risa tonta? [¡La de la risa tonta! ¡La de la risa tonta! ¡Sí, ésa, a ver si nos reímos todos un poco!] Ésas son sencillas. Bastan unas horas.

—Te estás riendo de mí —se entristeció Ezael.

—Yo no me río de ti. Sólo te digo lo que hay.

—¿No crees que el destino me ha traído hasta tu lado para que me ayudes?

—Hay muchas formas de hacerlo. Háblame de ese dragón.

—Dicen que es grande, verde, con una larga cola.

—¿Arroja fuego por la boca?

—Sí.

—Ya —Glodomira se rascó la barbilla—. ¿Algún signo peculiar?

—Un cuerno dorado en la frente.

—¿Un cuerno?

—Un cuerno, sí, o un colmillo.

—Eso ya tiene más sentido —continuó rascándose.—

¿Ah, sí?

—Tal vez el dragón sea una mutación. [¿Una mutación? Como meta extraterrestres por en medio...]

Ezael no sabía de qué le estaba hablando.

—¿Puedes...?

Glodomira alzó su mano para impedir que continuara. Se levantó y dio unos pasos, pensativa. Primero tomó un libro muy pequeño de una estantería. Lo consultó. Después hizo lo mismo con un segundo volumen, éste mucho más grande y pesado. Tuvo que depositarlo en un atril porque le era imposible sostenerlo y leerlo a la vez. Pasó varias páginas, ojeó unos textos y lo guardó de nuevo.

El silencio se hizo muy denso. [¿Y qué, se podía "cortar con un cuchillo"?]

—Me intriga ese cuerno —dijo tras un buen rato la bruja.

—¿Por qué?

—Los dragones no tienen un cuerno dorado en mitad de la frente.

—Pues éste parece que sí.

—Es una señal.

—¿Qué clase de señal?

Glodomira no le respondió. Acudió a un tercer libro, grueso, de tapas rojas y unos signos indescifrables en la cubierta. Ahora, cada segundo era como una campanada en el ánimo de Ezael. Cuando la anciana lo devolvió a su estante, en sus ojillos brillaba un signo de inteligencia. [Sí, muy literato, pero, a ver, que me lo explique, ¿cómo se nota cuando un brillo es de inteligencia? ¡A lo peor le había entrado algo en el ojo!]

—Nunca ha habido dragones —refirió—, así que, salvo que provenga del otro lado de las

montañas, su presencia aquí obedece a causas inex-
plicables, pero que tendrán una razón de ser. Y si no
me equivoco, ese cuerno es la clave de todo.

Pero sólo conociendo su origen...

—¿Qué? —la animó a seguir.

—Nada, un absurdo —suspiró Glodomira—.

El único que puede decirte algo es el propio
dragón, y no creo que se muestre muy amigable.
Por lo tanto, el origen de ese cuerno será tan inexplicable como lo es su presencia entre nosotros.
Aunque...

—Sigue, ¡sigue! —insistió al ver que se de-
tenía una vez más.

—Voy a darte algo. [¡Faltaría más!]

—Vaya, menos mal.

Esperaba una espada ligera, una poción de
efectos inmediatos...

Pero lo que le entregó Glodomira fue un
frasquito minúsculo, de apenas un par de centíme-
tros de alto por uno de diámetro, en cuyo interior
había una especie de ceniza grisácea y muy fina.

—¿Y eso qué es?

—¿Has oído hablar del Ave Fénix? [¿Y tú?
(Sí, sí, quien esté leyendo esto). ¿Has oído hablar
del Ave Fénix?]

—¿La que renació de sus cenizas? Sí.

—Son leves restos de esas cenizas, apenas
polvo residual —su voz se hizo misteriosa—. Lo
que acabo de darte es muy valioso. Mucho. Así que,
si no lo usas, en caso de salir con vida de tu empeño
y regresar, deberás devolvérmelo.

—Pero ¿qué puedo hacer con esto?

—No lo sé —reconoció ella—, aunque...

—¿Aunque qué?

—Antes no había dragones, y ahora hay uno. Ésa es la clave. Y quizá estas cenizas te ayuden a resolverla.

—No te entiendo.

—Fíate de tu instinto. Pero probablemente debas matar al dragón para llegar a la verdad.

—¿Y entonces para qué quiero saber nada más? ¡Ya estará muerto!

—A veces las respuestas son importantes, amigo mío. El origen es siempre la causa principal de todo. [*Ahora va y se pone filosófico.*]

Ezael contempló el frasquito.

—¿De verdad no tienes nada más?

—No.

—¿Ni siquiera unos polvos para... no sé, hacerlo dormir?

—Tengo unos polvos que hacen dormir en un abrir y cerrar de ojos.

—¿Lo ves? —se animó.

—A una persona —repuso condescendiente la bruja—. Con el dragón sólo conseguirías mantenerle atontado unos segundos.

—Algo es algo. Dámelos, por favor.

Glodomira movió la cabeza horizontalmente y sonrió.

—Estos jóvenes —dijo resignada—. Quieren el mundo y lo quieren ahora. [*¡Eso lo dijo Jim Morrison, cantante de los Doors! ¡Qué cara más* dura! (¿Qué, que no sabéis quién era ése? ¡Por favor!)]

Se acercó a uno de los recipientes alineados en otro estante. Lo abrió y frunció el ceño.

—No me queda mucho, y es difícil de conseguir.

—Algo es algo.

Escanció el contenido en una hoja de papel y luego hizo varios pliegues para evitar que se perdiera un solo minúsculo granito. Ezael se lo guardó en el bolsillo, junto al frasquito con las cenizas del Ave Fénix.

Llegaba la hora de la partida.

—He de irme —se resignó.

—Sí —convino Glodomira—. Te quedan varias horas hasta llegar a tu destino.

—Gracias por todo.

—Confío en volver a verte.

—Yo también.

—Una cosa más —lo detuvo en la puerta—. Recuérdalo: confía en ti [¡Que la Fuerza te acompañe!]

—Ya lo hago.

—No me refiero a tu fuerza —miró su delgadez como si, encima, acabara de tomarle el pelo—. Me refiero a tu astucia. No vas a derrotar al dragón con una espada, sino con esto —le puso un dedo en la frente.

—Es fácil decirlo —musitó Ezael.

—Recuerda: la clave está en el origen. Averigua de dónde sale el dragón, por qué está aquí.

Habían llegado junto a los caballos. Lucero disimulaba. Valiente lo recibió con un relincho amistoso. En unos minutos la armadura y la silla principesca volvían a estar en la grupa de Lucero y Ezael en la de Valiente. Glodomira levantó una mano llena de ánimo.

—Suerte —le deseó.

—No creo en la suerte —fue sincero él.

—Entonces ya sabes —ella se tocó su propia frente con el dedo índice de su mano derecha.

—Volveré —se despidió el muchacho.

Tal vez porque le entendía y se reía de él, o tal vez por simple curiosidad, Valiente soltó en ese momento otro de sus habituales relinchos.

Ezael reemprendió su camino. [Bueno, menos mal que esto ya se puso bueno. De momento... nada de nada, lo dicho: dragones, princesas, brujas y lugares comunes. Y no es por ser pesado.]

Capítulo 8

De cómo Ezael hizo prácticas que le desarbolaron la moral y conoció a Narca, la niña que le habló de la esperanza.

El camino hacia la Garganta de Ozcor se hizo más y más abrupto a medida que abandonaba el último de los valles y se internaba por la zona rocosa que desembocaba en ella. La Garganta de Ozcor la formaba una vigorosa quebrada que se extendía a lo largo de unos pocos kilómetros, al pie de una impresionante cordillera. Justo a unos quinientos metros de su inicio se ensanchaba por espacio de otros cien, y numerosas grutas y cuevas se abrían con espectral misterio a ambos lados de sus paredes. Antaño se organizaron expediciones para explorar sus confines. Accidentes, desapariciones, lagos interiores y posterior falta de interés determinaron el abandono de la empresa. Había cosas mejores que hacer que meterse por una gruta y tratar de ver adónde llevaba, aunque más de uno pensaba que por allí tenía que haber un paso subterráneo hasta el otro lado de las montañas. [¿Preparando el truquito del conducto subterráneo con el que descubrir el mundo al otro lado de las montañas? Porque eso de vivir tan aislados...]

Ezael no se detuvo hasta mediodía, cuando el hambre le azuzó el estómago e hizo un alto para ingerir alimentos. Llegaría en unas dos o tres horas a su destino, y tenía que estar comido y descansado para enfrentarse al dragón.

Comido, tal vez. Pero descansado...

Mientras masticaba despacio un poco de pan se preguntó si aquél tal vez fuera el último día de su vida. [Pesimista, el chico.]

El dragón se lo zamparía en un abrir y cerrar de ojos.

Y antes lo asaría lanzándole un chorro de fuego por sus fauces.

Se le quitó el hambre de golpe.

Tenía que prepararse. Eso sí era fundamental. Prepararse un poco. Sus mínimas opciones pasaban por ser más listo que la bestia. La diferencia entre vencer o morir quizá fuera tan pequeña que...

Se levantó, cogió el arco y las flechas y trató de darle a una piña seca que colgaba de un árbol.

Las lanzó todas.

La que pasó más cerca, lo hizo a un palmo. Con la última, encima, le dio a la rama y la rompió.

Recogió las flechas que habían sobrevivido a los impactos respectivos y las guardó en el carcaj.

A continuación probó con la lanza.

Con el primer intento se quedó a medio camino de su objetivo, el tronco del árbol cuya rama había quebrado. Se acercó un poco más y con el tercero consiguió darle, aunque mal, porque la lanza ni siquiera se clavó. Volvió a acercarse un poco más, tanto que ya casi estaba encima, y lleno de rabia reunió todas sus fuerzas.

La lanza salió despedida hacia arriba, y esta vez sí se clavó en la madera, pero a unos tres metros de altura. [*Todo eso nos lo cuenta el autor para que sintamos pena por el chico. Así, su hazaña será más meritoria ¡Oh, lagrimita!*]

Ezael tuvo ganas de gritar.

No lo hizo, pero Valiente sí se hizo escuchar, emitiendo uno de sus ya característicos relinchos que a Ezael le sonaban a burla. [*A mí el que mejor me cae es el caballo.*]

Ni lo miró.

Por lo menos, trepar a un árbol sí sabía. Su torpeza se hacía más evidente al bajar. Para prueba, el éxito de su ascenso. Y, para desgracia, la bajada. No fue un golpe muy fuerte, pero fue un golpe. La rama en la que se apoyó se partió a causa de su peso y la fuerza hecha para arrancar la lanza.

Le quedaba la espada.

Sin la armadura, empleando las dos manos, por lo menos tenía suficiente energía como para levantarla. Y, una vez levantada, tampoco era muy difícil dejarla caer hacia abajo para asestar un buen mandoble. Otra cosa era que pudiera moverse con ella, saltar, esquivar, golpear, precisar cualquier acción. Levantar y bajar, sí. Más, no.

Estaba perdido.

Regresó a su caballo y sacó la honda de una de las alforjas. [¿David y Goliat? Muy visto, ¿no?]

Valiente relinchó una vez más.

—Tú, cállate —le advirtió.

Valiente resopló, así que no supo si eso significaba que sí, que le hacía caso, o que no. [El caballo "passssssa de todo". Ése sí es moderno. Mas no creíble.]

Con la honda todo era distinto. Asombrosamente distinto. Cualquier piedra, pequeña o grande, salía disparada hacia su objetivo y acertaba en él de lleno. Y tanto daba la distancia. Le dio a otra piña a unos diez metros, a una roca colocada sobre un promontorio desde unos quince, y hasta acertó a un fruto seco que colgaba a más de veinte metros de altura del árbol más gigantesco de por allí. Con la honda nadie le superaba.

Pero vencer a un dragón con una honda era imposible.

—No se puede vencer a un dragón con una honda.

Fue como si sus pensamientos cobraran vida. Tardó un segundo en superar la sorpresa y comprender que la voz venía de su espalda. Volvió la cabeza y se encontró con una niña pequeña, de unos nueve o diez años, carita redonda, ojos grandes y luminosos, cabello negro y enmarañado. [¡una niña! ¡Ya estamos todos! Primero la anciana del *bosque (o sea, la voz de la experiencia), ahora una niña pequeña (o sea, el toque de inocencia).]*

Estaba sentada sobre una roca, cerca de Valiente y de Lucero, que la observaban curiosos.

—¿Quién eres tú? —preguntó Ezael.

—Me llamo Narca.

—¿Qué estás haciendo aquí?

—Vivimos cerca, a unos trescientos metros, por ahí abajo.

—¿Y cómo sabes que voy a enfrentarme al dragón?

—Porque éste es el camino de la Garganta de Ozcor, porque todo el mundo sabe que un campeón enviado por el rey va a rescatar a la princesa Brunilda, y porque yo vi al dragón cuando pasó por aquí. *[¡Hombreee! ¡una testigo ocular! ¡Menos mal!]*

—¿Lo viste? —se interesó Ezael.

—Sí.

—¿Cómo era?

—Enorme —fue sincera—. Más alto que un árbol, y más fuerte y poderoso que un ejército.

—¿No te hizo daño?

—No me vio. Estaba escondida. Además, me pareció que tenía prisa.

—Porque huía, naturalmente. ¿Y la princesa?

—Iba sobre él, a su grupa.

—¿Lloraba? Debía de estar muy asustada.

—No, cantaba. *[La princesa cantaba. Ahí está dando otra pista de algo. ¿O será para despistar?]*

—¿Cómo que cantaba?

—Cantaba una canción muy hermosa.

A Ezael se le encogió el corazón.

—Sí, claro —comprendió—. A veces el miedo nos hace sacar fuerzas de flaqueza, nos obliga a enfrentarnos a los temores con ánimo y una entereza desconocida.

—A ti te hará falta mucho ánimo y mucha entereza—vaticinó Narca.

—Vaya, pues gracias.

—Te he visto con las flechas, la lanza, la espada... Me había ocultado por si acaso. Luego he comprendido quién eras. ¿Por qué te han mandado a rescatar a la princesa? ¿No había nadie mejor? [Simpática, la niña.]

—No —reconoció.

La niña sonrió.

—Me caes bien —dijo—. Eres muy agradable.

—Pero crees que voy a fracasar.

—No, no lo creo.

—¿Ah, no?

—Si un dragón nos dejara sin princesa sería terrible. No volvería a haber paz ni felicidad en el Viejo Reino. Nos quedaríamos sin ella, pero también con el miedo a la bestia, para siempre. Yo no quiero que eso suceda. No deseo crecer en un país con miedo. Por lo tanto, sé que no va a ser así. Ninguna bestia puede ser más importante que el corazón de miles de personas que sólo quieren vivir en paz. Esa fiera no puede arrebatarnos la voluntad de ser felices. Y tú eres ahora el poseedor de nuestra esperanza, así que confío en ti. [*¡Ese párrafo es lo primero inteligente que le veo a la historia, sí, señor, muy metafórico y actual!*]

—¿Cómo voy a derrotar al dragón? —Ezael le mostró sus manos desnudas.

—Algo se te ocurrirá. No todo consiste en la fuerza.—

Eres extraña.

—Todos lo dicen. Será porque leo mucho.

La vida está en los libros. [*¡Eppp-pa! Mensaje nada subliminal, sobre todo para los fanáticos acérrimos de las videoconsolas.*]

—Y la esperanza —musitó él.

A lo lejos se escuchó una voz.

—Debo irme —Narca se puso en pie—. Mi madre me llama.

—Gracias por creer en mí —se despidió Ezael.

—No, gracias a ti por estar aquí. ¡Adiós!

Echó a correr y en un segundo se había perdido detrás de las rocas.

Capítulo 9

De cómo Ezael llegó, finalmente y sin más demora, [*Es que como "se demore" más, esto no se acaba nunca. La historia interminable bis.*] **hasta el corazón de la Garganta de Ozcor, donde se encontró cara a cara con el dragón.**

Apenas si había hablado con ella unos segundos, y sin embargo...

Se sintió muy solo cuando Narca se hubo marchado.

Una niña singular.

Tal vez la primera que creía en él.

Bueno, y Glodomira, aunque ella fuera una bruja.

—¿Sabes, Valiente? —le dijo a su caballo—. Tengo una extraña sensación aquí... —se tocó el pecho, a la altura del corazón.

Valiente lo miró de hito en hito.

Si Glodomira hubiera sido una bruja de verdad habría convertido a su caballo en un fiel escudero, o mejor aún, en un ejército. Todo aquello de que las pociones y los ungüentos tardaban meses en prepararse y fermentar... ¡Excusas!

—¿Qué miras? —se negó a apartar sus ojos de los del caballo.

Los dos siguieron así unos segundos, bastantes, a ver quién podía más, hasta que Valiente emitió un bufido y bajó la cabeza. [El "héroe" de la historia habla con su caballo, y además se siente la mar de feliz porque le gana a eso de ver quién aparta antes la vista. Genial.]

—¡Bien! —Ezael apretó los puños—. ¡Te he ganado! ¡Para que aprendas quién es el amo y quién el caballo! [¡El caballo sí tendría que hablar! ¡Sería lo mejor! ¡Lo que le diría!]

Se subió a la grupa.

Pero no se quedó mucho allá arriba.

Valiente hizo un gesto brusco, vengativo, antes de que afianzara los pies en los estribos. Ezael se cayó por el otro lado de forma muy ridícula.

¡Cataplof! [A esto se le llama gag y se supone que es para hacer reír.]

No faltó el habitual relincho.

—¡Valiente!

Su caballo disimuló mirando para el otro lado. Por detrás, Lucero bastante tenía con masticar un poco de hierba que había logrado capturar ignorando las tonterías de su compañero y su jinete. Ezael volvió a ponerse frente a su montura.

—¿Quieres que te ate a un árbol y sirvas de reclamo para el dragón? [A los de Greenpeace no les va a gustar eso.]

Valiente bizqueó. Le cambió la cara.

—Veo que me captas —sonrió triunfal Ezael.

Volvió a subirse de nuevo y esta vez ya no sucedió nada. La marcha se reanudó, aunque poco a poco las dificultades se hicieron mucho más evidentes. La tierra era pedregosa, abrupta, y Valiente se cuidaba mucho de no meter una pata donde no debía. A medida que se aproximaba a la Garganta de Ozcor, el muchacho aguzaba más los sentidos. Quizá el dragón estuviera alerta. Quizá estuviera de caza fuera de su madriguera. ¿Qué comía un dragón? ¿Y si era vegetariano? ¿Entonces para qué lo del chorro de fuego?

No tenía ni idea. [*Pues mira que nosotros...*]

Pero con cada paso dado, con cada metro ganado, la cercanía del peligro le erizaba el vello del cogote. Incluso Valiente olisqueaba a veces el aire mostrando su inquietud.

—No irás a salir en estampida cuando lo veas, ¿verdad?

Ojalá su caballo pudiera hablar. Se sentía muy solo. [*Como al final el caballo hable, y resulte ser... qué se yo, un genio o algo parecido, le interrumpo el libro y le digo que dimito, que se queda sin Sentido Común. Total...*]

Lo tranquilizó un detalle: por el suelo no se veían esqueletos de ningún tipo, humanos o animales. Eso significaba algo. A lo mejor sí, el dragón era vegetariano. A lo peor se había zampado a la princesa y todavía estaba haciendo la digestión.

Valiente se detuvo.

La Garganta de Ozcor nacía allí. De pronto, la montaña formaba una pared escarpada, inaccesible, con un único paso de apenas unos metros de ancho. Cuando entrara, apenas si tendría escapatoria. Llegaba el momento decisivo de toda su aventura. [¡Ta-ta-ta-chan! ¿Le ponemos música?]

Ezael pensó en ponerse la armadura y descartó la idea inmediatamente. Sólo le faltaría aquel peso. Para luchar, imposible. Y para huir... Valiente no podría correr con tanta carga.

¿Y por qué pensaba en huir?

A lo mejor con la armadura al dragón le costaría morderle.

Pero podría freírle mejor que en una sartén.

No, nada de armadura. [Sí, hombre, sí, a pecho descubierto, que para algo eres el prota.]

Avanzó por el camino. A los quinientos metros se ensanchaba, en la zona de las grutas y cuevas. Ése sería el punto decisivo. De pronto tuvo una idea. Bajó de Valiente y con la manta que en las noches frías utilizaba para tapar a ambos caballos les hizo unos zapatos, o mejor dicho, unas almohadillas para evitar que sus pisadas resonaran por aquel lugar lleno de ecos. Continuó la marcha paso a paso.

Cuando divisó el ensanche de la garganta, volvió a poner pie en tierra. Por precaución ató a los dos corceles. Le quedaban unos pocos metros y no supo si armarse con el arco y las flechas, la lanza, la espada o su honda.

Optó por no llevar nada. [¡Solo ante el peligro!]

Primero, reconocer el terreno, tratar de divisar al dragón. Más aún: si la bestia lo veía armado, no duraría mucho. Con un poco de suerte...

¿Un poco?

Hiciera lo que hiciera, seguro que le saldría mal. Lo veía todo negro. [Y yo. Esto tiene reminiscencias de duelo del Oeste, en plan ver quién desenfunda más rápido, pero sin pistolas.]

Ezael siguió caminando, con sus manos desnudas.

Al llegar casi a la desembocadura se echó a tierra. Gateó los diez metros finales. Luego asomó la cabeza entre dos piedras y...

Allí estaba.

El dragón.

Dormitando plácidamente frente a la entrada de la más grande de las cuevas del desfiladero.

Capítulo 10

**De cómo Ezael se enfrentó al dragón
(más o menos)... y, desconcertado, comenzó
a comprender que la verdad suele tener a
veces muchas caras.**

No era exactamente un dragón.

Era una montaña con forma de dragón.

Ezael se quedó sin sangre en las venas. [¡Vaya, lo de la "sangre en las venas", la frase más barata de las peores novelas! Que si se le heló, que si tal y que si cual...]

Debía de medir nueve o diez metros de altura, y su aspecto era formidable. Bueno, formidable por inquietante, porque en ese momento, y tan dormido a la entrada de la cueva, lo que parecía era un enorme bicho mezcla de gato, cocodrilo y fantasía surgida de la más increíble de las mentes. [Ya, la del escritor. Para eso están, para inventar cosas y quedarse tan panchos.] Lo que quedaba fuera de toda duda era que, en aquella cueva en cuyo exterior descansaba, debía de tener prisionera a la princesa Brunilda. [Y *dale. ¿Para qué? ¿En plan florero? Como no lo explique...*]

Era verde, un hermoso verde que brillaba en algunas partes de su cuerpo. Si tal vez midiera nueve o diez metros de altura, de largo debía de llegar a los quince, pues su cola, ahora enroscada, daba la sensación de ser muy larga y flexible. De la frente, justo en su mitad, emergía aquel cuerno dorado del que le había hablado Glodomira con tanto misterio.

Sus patas eran poderosas y, desde la cabeza a la punta de la cola, un largo dentado de escamas le confería una imagen aún más mitológica.

Ezael se preguntó qué hacer.

Era la hora de la verdad.

¿Le despertaba y presentaba batalla? [*¡Dragoón, estoy aquí-í, vamos a pelea-ar!*]

¿Con qué, con una espada que ni podía levantar, no digamos pelear con ella? ¿Con unas flechas que lo más seguro es que rebotaran en aquella gruesa piel? ¿Con piedras y valiéndose de su puntería? ¿Y dónde darle?

¿Y si pasaba por su lado, despacio, sin despertarle, se metía en la gruta, liberaba a la princesa...?

En ese momento, Valiente relinchó.

Debía de olisquear al dragón. O a lo peor era que no estaba dispuesto a ser parte de su comida y lo alertaba para hacerse su amigo.

Sea como fuere, relinchó. [*Insisto: a mí es que ese caballo me cae bien.*]

El dragón abrió un ojo.

Ezael se quedó muy quieto.

El dragón abrió el otro ojo.

Ezael se dispuso a echar a correr.

El dragón se lo quedó mirando. Los ojos no eran amarillos ni rojos, sino azules, muy azules.

Tampoco tenía cara de mal bicho.

—Vaya —suspiró. [¿Eso lo ha dicho el dragón?]

El que abrió ahora los dos ojos, como platos, fue el muchacho.

¿El dragón... había hablado? [Pues sí: el dragón habla.]

La bestia no se movió. Suspiró por segunda vez y, volviendo la cabeza en dirección a la gruta, habló de nuevo.

—Cariño, creo que vienen a rescatarte.

Ezael tragó saliva.

¿Un dragón que hablaba? ¿Cariño? [¿Cariño? ¡Uuuuuuy!]

Entonces, por la entrada de la gruta, apareció ella, Brunilda, tan hermosa como se la imaginaba, aunque su aspecto no era precisamente el de una princesa. Llevaba el pelo revuelto, su vestido estaba sucio y con las mangas arremangadas, y un trapo en la mano derecha... Más parecía una sirvienta que otra cosa.

Ezael no supo qué hacer.

Además, algo de todo aquello... carecía de sentido. [¿Algo? ¡Todo!]

¿Algo? ¡Todo! [¡Eso acabo de decirlo yo!]

—Maldita sea —fue lo primero que pronunció Brunilda por sus hermosos labios.

En modo alguno daba la impresión de sentirse feliz por el rescate.

Más bien... todo lo contrario.

Y lo del mal carácter...

—¿Pri-pri-princesa? —tartamudeó él.

Brunilda se cruzó de brazos. El dragón contemplaba la escena con más fastidio que enfado. Ni se había movido. A lo mejor, poner en marcha aquella mole le costaba. Aunque decían que los dragones eran muy ágiles.

¿Y si volaba? [*Este prota es de un candor...*]

Se olvidó de sus disquisiciones mentales. Ya no eran necesarias.

—¿Quién eres tú? —quiso saber Brunilda.

—Mi nombre es Ezael —consiguió decir el muchacho.

—¿Te envía mi padre?

—Sí.

—¿A rescatarme?

—Sí.

—No te había visto en la vida.

—Es que he vivido siempre en mi pueblo.

—¿Vienes solo?

—Sí.

La princesa alzó las cejas, incrédula. Miró al dragón y éste sostuvo su mirada con el mismo tono. Luego, los dos volvieron a centrar su atención en "el héroe".

—¿Tú has venido a luchar con él —señaló al dragón con una mano—, para liberarme?

—Sí.

—Así, por las buenas, sin más. [*Esta chica es inteligente.*]

Ezael entendía cada vez menos la escena. Ni Brunilda lloraba temerosa, ni le pedía que la salvara, ni suplicaba... Y lo peor, o lo mejor: el dragón tampoco se mostraba muy fiero. Todo lo contrario.

Sonrió.

Sonrió y movió la cabeza con una leve muestra de irónico pesar.

—¿Lo frío, cielo? —le preguntó a la princesa.

Ezael tragó saliva.

—No, espera —fue considerada ella. Y mirando a su rescatador le preguntó—: ¿Por qué haces esto?

—Porque estáis... en peligro, y es mi deber...

—¿Te parezco estar en peligro?

No supo qué decir. ¿Y si el dragón la tenía hechizada?

—¿Mi padre te ha prometido algo si me liberas?

—Vuestra mano, y la mitad del reino.

—Ya.

—¡Pero yo no he aceptado! —agregó rápidamente.

—¿Por qué no?

—Nunca podría aspirar a vuestra mano, y en cuanto a poseer la mitad del reino... Es excesivo. [*Vaaale, ya sabemos que es un santo, no hace falta repetirlo.*]

Nueva mirada compartida entre ella y el dragón.

—Un súbdito leal.

—Sí, mi señora.

Si todo aquello ya era raro, la siguiente pregunta le puso la cereza al pastel.

—¿No puedes decir que no nos has encontrado?

—¿Perdón?

—Tú te vuelves, dices que ni rastro de nosotros y en paz. ¿Qué respondes?

—No puedo hacer eso.

—¿Por qué?

—Vuestro padre sufre, y con él todo el reino. [¡Y yo, y los lectores, y el mundo de la literatura en pleno! ¡Todos sufrimos!]

—¿Quieres joyas, monedas?

—No, no, mi princesa. Lo único que quiero es la felicidad de todos los que os esperan.

—¿Y la mía?

—También.

—¿Te parezco infeliz?

—Pues... —la miró a ella, y al dragón, más y más confuso—. La verdad es que... —no supo qué responder y de pronto se le ocurrió—: ¿Lo hacéis para salvarme la vida e impedir que me mate? ¿Es eso? ¿Actuáis por la bondad de vuestro corazón?

—Voy a tener que freírlo un poco, amor —insistió el dragón.

—No seas bruto, caramba. Tú sólo has de ser ardoroso conmigo. [¡Uuy!]

—Vale, cielo.

Ezael abrió tanto los ojos que estuvieron a punto de caérsele las pupilas. ¿Cielo? ¿Cariño? ¿Amor? Algo estaba sucediendo. Algo inexplicable. Algo que no... [Como que esto es el giro decisivo del libro. La Gran Sorpresa. El as en la manga. O sea: el truco.]

—¿Estáis bien, princesa?

—Nunca he estado mejor —suspira ella.

—Os obliga a actuar así, ¿verdad?

—Que no, hombre, que no.

—¿Os tiene hechizada?

Ella miró al enorme bicho verde con ojos de ensoñación.

—Eso sí, ¿ves? Hechizada por completo.

—Yo desharé el hechizo —afirmó Ezael dispuesto a presentar batalla.

El dragón suspiró una vez más y dirigió sus ojos al cielo.

—¿Es que no lo entiendes? —exclamó por fin Brunilda con cansancio.

—¿Entender? —vaciló Ezael.

—Mírame. ¿Parezco una secuestrada?

La miró.

—Pues... no.

—¡Porque no lo estoy!

—¿Y qué hacéis entonces aquí?

Silencio.

—Díselo —manifestó el dragón.

—No me creerá.

—Es su problema. Tú díselo.

—Le quiero —proclamó Brunilda dirigiéndose al muchacho. [*¡La bella y la bestia bis!*]

A Ezael se le doblaron las rodillas. Iba de sorpresa en sorpresa. Y a cual peor. Recordó a Narca. La niña le había dicho que ella... cantaba.

—¿A... él?

—Sí.

—¡Pe-pe-pero si es un dragón!

—¿Y qué?

—Pues que no... —parpadeó buscando argumentos—. Carece de sentido, vaya.

—Es grande, es bueno, es hermoso. ¿Qué tiene de malo que no sea como tú y como yo?

—No sé... —Ezael alucinaba más y más—. Se supone que... —seguía sin saber qué decir.

—Le amaría aunque fuera siempre así. Pero es que hay más. [*¡Hay más! ¡Hay más! ¡Oh, sí! (¿Cinismo? ¡No, qué va!)*]

—¿Más?

—Si te lo cuento, ¿prometes dejarnos en paz?

Ezael vaciló.

De todas formas jamás vencería al dragón, y lo que le estaba diciendo Brunilda lo cambiaba todo. ¡Y de qué forma! [*Y tanto que lo cambia todo. Ya no tengo ni la más remota idea de cómo va a terminar esto.*]

Tenía que regresar a Gargántula con ella... o con alguna explicación.

—¿Quieres que te convierta en un pavo asado? —insistió la princesa de forma harto convincente.

Ezael negó con la cabeza, muy rápido, asustado.

—Entonces prométemelo.

—Lo prometo —se rindió.

—Acércate —le pidió Brunilda.

No las tuvo todas consigo. Pero se acercó. Era absurdo pensar en una trampa porque el dragón habría podido acabar con él hacía mucho. Llegó junto a la princesa, verdaderamente hermosa pesar de su desaliño. La bestia hundió en él sus grandes ojos azules.

—Siéntate a mi lado —le propuso ella señalando una piedra junto a la entrada de la gruta.

La obedeció una vez más, colocándose de cara al dragón.

Todo aquello era sin duda extraordinario.

Y se imaginó que más lo sería según lo que le contara Brunilda. [Me ha picado la curiosidad hasta a mí.]

Capítulo 11

De cómo Brunilda le contó a Ezael la más asombrosa historia que jamás hubiera podido ser narrada. [*"La más asombrosa historia que jamás hubiera podido ser narrada". No hay castigo ni nada. Igual se lo cree alguien.*]

—Todo empezó hace unas semanas —inició su relato la princesa—, cuando conocí al ser más maravilloso de la creación. El ser que completó mi propia existencia, le dio luz y forma, y capturó mi corazón. [*¿Lo habrá hecho rimar a propósito?*]

Ezael deslizó una subrepticia mirada en dirección al dragón. [*Creación, corazón y dragón. Sí, lo está haciendo a propósito. Es su vena cursi.*]

—No mires su forma —le reprochó Brunilda—. Si pudieras ver, como yo, lo que hay debajo de esa mole, comprenderías de qué te hablo. Lo importante es el fondo, amigo mío.

—Continuad, mi señora —bajó los ojos el muchacho.

—En realidad él se llama Zurg y no es un dragón —dijo la princesa.

Ezael no dijo lo que pensaba. A lo peor el amor volvía del revés el cerebro de las personas. Si aquello no era un dragón...

—Un día inolvidable, pues cambió mi existencia en su transcurso, salí a caballo para dar un paseo y me alejé un poco más de lo normal, por un sendero tan bello como inexplorado anteriormente por mis ojos. Era tal su hermosura y exuberancia, que no hice caso de la hora y lo transité hasta llegar a una granja perdida al pie de las montañas de la Luna. En ella conocí a Zurg.

Ezael volvió a mirar al dragón.

—No, entonces no era un dragón —dijo Brunilda—, sino el más apuesto y gallardo de los mortales. El hombre más atractivo que jamás hubiera podido imaginar, y también el más bueno y amable. ¿Acaso no ves sus ojos? ¿Crees de verdad que son los de un dragón?

No, desde luego que un dragón tuviera los ojos tan azules...

—Hablamos apenas unos segundos. Él, un pastor. Yo, la princesa —el tono de ella fue ahora crepuscular [¿No puede decir, sencillamente, triste?]—. Sin embargo, aquella noche no pude apartarlo de mi pensamiento. Y a la mañana siguiente...

Brunilda le puso una mano sobre la pata. La caricia hizo que el dragón sonriera de forma dolorosa.

—Nos enamoramos —suspiró ella—. No pudimos remediarlo. ¿Qué más daba quiénes fuéramos?

Para lo esencial nos bastaba con ser lo más evidente: un hombre y una mujer. Día tras día acudí a su lado, en secreto, preguntándome cómo le diría a mi padre que el amor de mi vida, el futuro rey del Viejo Reino, no sería un noble, sino uno de sus más fieles servidores. Y que su heredero sería un día nuestro primer hijo varón.

—Pero ¿cómo se convirtió en un dragón? —preguntó Ezael. [¡Ahí, ahí!]

—Tenía que merecer la mano de Brunilda —retomó la narración Zurg—. Creía que su padre me rechazaría, que jamás consentiría en nuestra unión. Habría dicho que sí tratándose de su hija menor, pero en el caso de su heredera... No, estaba seguro de que no claudicaría jamás. Por ese motivo, una mañana subí a las montañas dispuesto a hacer algo espectacular: llegar a las tierras del otro lado, hacer un descubrimiento fantástico... ¡Lo que fuera! Estaba dispuesto a dar mi propia vida por ello, ya que sin el amor de Brunilda, de todas formas, mi vida no tenía sentido. Y una mañana...

Ezael ni respiraba.

—Una mañana hizo la locura —manifestó la princesa.

—¿Qué... clase de locura? —susurró el muchacho.

—Maté a un unicornio. [¡Oooh, qué bonito! El perfecto libro de fantasía, con unicornio incluido.]

Ezael sintió el impacto en mitad de su cerebro. ¡Un unicornio! ¡Los seres más extraordinarios de las antiguas mitologías del Viejo Reino!

—Pero si no son más que leyendas.

—Todos lo creíamos —dijo Zurg—, porque nadie estaba lo bastante loco como para subir a las cumbres y tratar de cruzar las montañas. Pero yo lo hice, yo desafié al destino, y yo descubrí demasiado tarde que la inconsciencia se paga muy cara.

—Entonces, ¿es cierto?

—Como hay un sol que nos alumbra.

—¿Por qué lo mataste?

—Por amor, por ceguera, por estupidez... Hay tantas razones. ¿Quién no ha oído hablar de las propiedades casi mágicas de los cuernos de unicornio? ¿Quién no ha leído historias fantásticas y maravillosas sobre sus cualidades? Se dice que proporcionan la vida eterna. Se dice que son la fuente de la juventud. Se dicen tantas cosas imposibles de comprobar que yo... en lo único que pensé, ciego de amor, fue en llevarle al rey aquel cuerno que brillaba dorado en la frente del caballo. Así que, sin pensármelo dos veces, enloquecido, disparé mi flecha y lo abatí. Luego le arranqué el cuerno y entonces...

—¡Te convertiste en dragón!

—Me convertí en dragón —asintió Zurg.

[¿Así, por las buenas?]

—A los pocos días, sin noticias suyas, desesperada, quise ir en su busca, siguiendo sus huellas a través de la montaña —dijo Brunilda—.

No tuve que caminar mucho, porque lo encontré oculto entre las rocas, llorando su infortunio. Y sin embargo, para mí, no era un dragón —la caricia en la pata se reprodujo—. Para mí seguía siendo Zurg, el ser al que amaba. ¿Qué importancia podía tener la forma cuando el fondo seguía siendo el mismo?

Ezael volvió a mirar al dragón.

No estaba muy seguro de lo de la importancia.

Aunque sí lo estaba, y ahora más que nunca, en lo de que el amor es ciego.

Sin darse cuenta, él también acarició algo: el pañuelo de Mileya anudado en torno a su muñeca. [Toque romántico. En cuanto te despistas... izas!]

—Nuestro amor era más imposible que nunca —exclamó Zurg—. Si nos quedábamos en mis tierras, corríamos peligro, y por supuesto ir a palacio era impensable. Decidimos seguir juntos, y refugiarnos aquí, en la Garganta de Ozcor, donde pensamos que a nadie se le ocurriría buscarnos. Lo malo es que alguien debió vernos, o no estarías tú ahora con nosotros. La imaginación popular debió hacer el resto.

—Quería regresar a palacio, contárselo a mi padre, pero tenía miedo de que no me dejara partir de nuevo. Por otra parte, esperábamos que el efecto fuera pasajero, un castigo momentáneo. Sin embargo...

—Es la historia más increíble que jamás he escuchado—anunció un boquiabierto Ezael. [Pues anda que a los demás nos parece...]

—¿Entiendes el problema? —quiso saber Brunilda.

—Sí, lo entiendo.

—¿Volverás y dirás que no nos has encontrado?

Sería un fracaso. Mileya no le miraría a la cara nunca más.

Bueno, a fin de cuentas era tan imposible que ella se interesara por él como que el rey hubiera aceptado de buenas a primeras el amor de su hija mayor y de Zurg, el pastor.

—Saben que estáis aquí. Puede que vengan otros.

—No, si les dices que no has hallado ni rastro.

—El rey no cejará en su empeño.

—Entonces nos iremos a las montañas.

—¿Por qué no le escribís una carta a vuestro padre?

Brunilda se quedó pensativa.

—No es mala idea —reconoció—. Por lo menos así no estaría preocupado pensando que he muerto bajo tus garras, amor mío.

El dragón puso cara de bobo. [¡un dragón con cara de bobo! ¡Anda ya!]

Ezael no dejaba de mirar su cuerno.

Su hermoso cuerno dorado.

Las palabras de Glodomira revoloteaban por su mente: "Confía en ti", "No vas a derrotar al dragón con una espada, sino con la cabeza", "La clave es el origen", "Averigua de dónde sale el dragón, por qué está aquí".

El unicornio.

El cuerno.

El mismo cuerno que ahora llevaba Zurg convertido en dragón en su frente.

La sangre se le aceleró en las venas. [*Primero se le hiela y ahora se le acelera. Normal.*]

Los dragones no tenían un cuerno en la frente. Los unicornios sí. Zurg había matado a un unicornio. La esencia del bello animal muerto estaba ahora en Zurg, convertido en dragón, a través de aquel cuerno. El unicornio vivía allí.

Había algo más.

Si a un unicornio se le arrancaba el cuerno, moría. Por lo tanto, si se lo arrancaba a Zurg... [*Me lo veo venir.*]

Y, sin embargo, era la única solución. Ezael lo vio claro.

—Te has quedado pensativo —comentó Brunilda.

¿Le decía a Zurg que si se arrancaba el cuerno existía la posibilidad...?

¿Le hablaba de las cenizas del Ave Fénix?

Brunilda se abrazó a la pata de su amado. Minúscula frente a su enormidad. Zurg le acercó el hocico y la besó.

Ezael comprendió que preferirían vivir así el resto de sus días, antes de arriesgarse a perderse.

—Escribid la carta —suspiró el muchacho rendido—. Partiré mañana al amanecer con ella.

****

—¡Eh, Conciencia, Buen Gusto, Sentido Común, como te llames!

–¿Me hablas a mí?

—Claro.

–¿En mitad del relato? Estás loco.

—Tú me has interrumpido al comienzo.

–Pero era el comienzo. Ahora vas a crear confusión en los lectores. Se harán un lío.

—No, porque esto va en un capítulo especial, y además, no son tontos.

–Muy considerado. Les escribes historias de princesas y dragones y luego dices que no son tontos, por si las moscas.

—¿Pero qué tienes contra las historias de princesas y dragones?

–Te lo dije: no se llevan, no están de moda, han pasado a la historia. Es-to-es-el-siglo-xxi, chaval. Te has quedado anticuado.

—¿Y si el libro es un éxito y vuelvo a ponerlas de actualidad?

–¿Crees en serio que va a ser un éxito?

—¿Por qué no?

-Mira que eres iluso, ¿vale? Iluso y soñador. Toda la vida has sido igual. A los quince, a los veinte, a los treinta... incluso a los cuarenta, vale, no pasa nada. Pero a estas alturas... Escritor tenías que ser.

—Hombre, es que otra cosa...

-Escritor y haciendo cuentos de princesas y dragones.

—¡Qué pesado! ¿O es pesada?

-Yo no tengo sexo. Sentido Común o Conciencia son algo neutro aunque lleven delante "el" o "la". Parece mentira.

—Da igual, me rindo.

-¿Vas a tirar el libro a la papelera?

—¡No! Digo que me rindo contigo. El libro me gusta, me lo estoy pasando en grande dejando ir mi imaginación.

-Pues menos mal que alguien se divierte.

—Y los chicos y chicas también, ya lo verás.

-No hay videoconsola que resista esto.

—Que sí.

-Se lo harán leer a la fuerza.

—Que no.

-Recortarán tu foto, la pegarán en la pared y le tirarán dardos.

—¡Se acabó, ya está bien! ¡Eres insoportable! ¡E intolerante! ¡No me digas que no te ha parecido original lo del dragón, el unicornio, la historia de amor y todo eso!

-De acuerdo, lo reconozco, el giro insospechado de la historia me ha sorprendido, aunque

ya esperaba algo así, que conste, porque siempre
te montas unos números...

—Dilo.

-¿Que diga qué?

—Que tiene su gracia.

-Psé.

—Intransigente y tozudo, o tozuda.

-Yo no soy...

—Dilo.

-Vale, no está mal, defiendes los valores
esenciales, dices que el amor es lo que cuenta, no
el aspecto. De acueeerdo. Y está bien escrito, faltaría más, pero a mí...

—Sí, ya sé: no te gustan las historias de princesas y dragones, no hace falta que lo repitas.

-Pues eso.

—No tenía que haberte llamado. Voy a seguir escribiendo.

-Mejor.

—¿No tienes ni siquiera un poco de interés
en saber cómo acaba la historia?

-No.

—Eres in-so-por-ta-ble.

-Encima quieres decir la última palabra.

—¡Cállate!

-Vale, me callo.

—¡Pero ya!

-Ya, ya.

—¡Uuy...!

— ...

****

Capítulo 12

De cómo Ezael arriesgó su vida, y la de Zurg, por seguir su instinto y la idea que había nacido en él después de escuchar tan extraordinaria historia.

Lo importante era la rapidez.

¿Y cómo ser rápido teniendo que levantar una espada, cortarle el cuerno al dragón, hacer que las cenizas del Ave Fénix...?

Cuanto más lo pensaba, más descabellado se le antojaba todo. Y, sin embargo, su instinto le decía que era la única solución. Bueno, más que decírselo, se lo gritaba.

Sí, tenía que cortarle el cuerno. [Estaba cantado. Buenooo...]

Así de fácil.

Ni más ni menos.

Les dijo que pasaría la noche junto a sus caballos. Brunilda se empeñó en que se quedara con Zurg y con ella, en la cueva, para que no estuviera a la intemperie. Ezael insistió, y hasta se puso rojo cuando la princesa le suplicó que no fuera tonto, que para nada sería una molestia.

—Prefiero quedarme fuera —se mantuvo firme.

—Déjalo, cariño —le dijo el dragón a su amada—. No ves que el chico no quiere molestar...

Así que todo quedó claro.

La velada fue amena. Una velada extrañísima. Una princesa, una bestia y un simple muchacho. La mujer más bella del Viejo Reino, el dragón que amenazaba la paz de sus confines, y el paladín destinado a cambiar la historia, para bien o para mal.

Sin duda los anales del reino hablarían de aquello. [¡De eso también estoy seguro!]

Cenaron, hablaron, se sinceraron aún más... Zurg refirió cómo era su vida antes de conocer a Brunilda, y la princesa hizo lo mismo contando lo aburrida y sin sentido que era su existencia en palacio. [Lo que decía yo. Si la hubiera hecho trabajar, ser moderna... pero no, nada, a lo clásico.] Cuando hablaban, y más al hacerlo de sí mismos antes y después de su encuentro, se miraban a los ojos y, a fuerza de ser sincero, Ezael tuvo que reconocer el inmenso amor que había en ellos. Fue en esos momentos cuando también se dio cuenta de algo: que ya no dejaba de pensar en Mileya.

La llevaba en su mente y en su corazón. Con aquel pañuelo.

Si regresaba como un héroe, tal vez tuviera una oportunidad. [Tranquis. Y si no, también.]

A fin de cuentas, el rey había prometido la mano de su hija.

Después de la cena, al amor del fuego, agotaron sus últimas energías, y en el instante en que las brasas perdieron intensidad, Ezael se levantó para marcharse.

La carta ya había sido escrita.

—Partiré mañana al amanecer —se despidió—. Buenas noches.

—Buenas noches —le desearon. Salió de la cueva, abandonó la parte ancha de la garganta y caminó por el desfiladero hasta llegar junto a Valiente y Lucero. Los dos caballos lo olisquearon desconfiados. Olía a dragón. Ezael los calmó palmeándoles la grupa y hablándoles en voz baja.

—Tranquilos, tranquilos.

Llegaba la espera.

¿Una hora?

Probablemente estarían dormidos en menos tiempo.

Se sentó junto a los dos caballos y visualizó su plan. Todo tenía que salir a la perfección, o moriría. Y no sólo él. También podría hacerlo Zurg.

De ahí que fuera tan importante medir su acción paso a paso. [¿Qué va a hacer? Me estoy poniendo nervioso, ¿vale?] Estaban en juego las tres vidas, porque sin el amor de su elegido, la princesa tampoco sería capaz de vivir. [No te pongas más melodramático, chico, que no es el momento.]

Se aseguró de tenerlo todo. Primero, la espada. Segundo, el frasquito con la pizca de cenizas del Ave Fénix. Tercero, aquellos polvos para hacer dormir, aunque sólo fuera por unos segundos, al gran dragón.

Unos segundos que deberían bastar.

Ezael contempló la luna, hermosa, diáfana, llena. [¡Eh, eh, que la luna llena ya ha salido en el capítulo 2 (casualmente, como siempre, porque si no hay luna llena se ve que las historias no quedan bien)! ¿Qué pasa, que sigue igual, no cambia, es eterna?] Un arco en el cielo correspondía a una hora. Y decidió que ése sería el tiempo de su espera. Una hora.

Pensó en Mileya.

Tenía un nuevo valor, un nuevo sentido, un aliciente más para luchar.

Ella.

Aunque fuera una locura que toda una princesa fuera a fijarse en él.

Los minutos pasaron muy despacio. [Y tanto. Hay que crear el clímax. Así, el ingenuo lector se pone nervioso y empieza a devorar más que a leer.]

Cuando llegó el momento, Ezael no vaciló.

Se puso de pie. Llevaba el frasquito en el bolsillo izquierdo y los polvos en el derecho. Sujetó la espada con ambas manos, la levantó y se la colocó sobre el hombro. Así, la llevaba mucho más fácilmente. Claro que como tropezara y se cayera, igual se rebanaba el pescuezo y ahí acababa todo. [Eso, el chico muere en el antepenúltimo capítulo. ¡Menudo final!]

Valiente lanzó uno de sus relinchos.

—¡Chst!

Lo obedeció. El noble bruto parecía darse cuenta, por primera vez, de la gravedad de los hechos. El relincho pudo haber sido tanto una despedida como un deseo de buena suerte.

Ezael emprendió el camino.

Primero, el desfiladero. Después, la parte ancha de la garganta. Cuando se detuvo en la puerta de la cueva tuvo un estremecimiento. La hora decisiva.

Si fallaba, o se equivocaba... [*Eso ya lo has dicho antes, va, al grano.*]

Entró en la cueva. Las brasas todavía proporcionaban el suficiente resplandor como para ver las formas. Zurg dormía con las patas delanteras cruzadas y la cabeza apoyada sobre ellas. Brunilda hacía lo propio, recostada entre la mejilla del dragón, su cuerpo y la pata izquierda. La escena era hermosa... [*Si él lo dice.*]

El cuerno dorado brillaba en la penumbra.

Ezael se aproximó cuanto pudo. Imaginó que si Zurg le olía se despertaría de improviso.

Venció sus malos pensamientos, porque podían ser más peligrosos y nefastos que el dragón. A menos de un metro de su hocico se detuvo, bajó la espada al suelo, muy despacio, y luego extrajo de su bolsillo el papel doblado en cuyo interior estaba el polvillo para hacer dormir.

"A un dragón, sólo unos segundos", escuchó la voz de Glodomira.

Deshizo los pliegues. Le temblaban las manos. Si lo derramaba, todo sería inútil. [*¡Me está poniendo nervioso! ¡Venga ya, dale, hombre!*] Cuando acercó la hoja ya abierta a las fosas nasales de Zurg su corazón dejó de latir.

Pensaba echárselo encima, pero no hizo falta.

El dragón aspiró el polvillo succionándolo de golpe, al respirar.

Unos segundos. Apenas un soplo de tiempo.

Ezael tomó la espada con ambas manos. A pesar de tener la bestia la cabeza baja, el cuerno estaba demasiado alto, así que para llegar hasta él tenía que subir por el dragón. Trepar. Ésa sería la parte más difícil, por si resbalaba. En cuanto puso un pie sobre aquella verde superficie suspiró con alivio. Era consistente, y rugosa, lo suficiente como para ayudarle en su empeño.

Llegó hasta el hocico, se montó encima suyo. La espada estuvo a punto de caérsele un par de veces. La segunda la sujetó por los pelos, y nunca mejor dicho, porque se agarró a los de las cejas de Zurg. El cuerno ya estaba a su alcance.

El dragón se movió.

Fue un ronquido, un cosquilleo debido a su presencia allá arriba, tal vez la señal de que el efecto de los polvos estaba cesando rápidamente. Ezael casi perdió el equilibrio.

Levantó la espada. [*Ya, ¡ya!*]

Y la descargó con todas sus fuerzas en la base del cuerno.

Capítulo 13

De cómo culminó la odisea de Ezael después de consumar aquello que la razón y su instinto le gritaban desde el fondo de su corazón.

El tajo fue preciso, mejor de lo que hubiera podido esperar dadas las circunstancias. Si tenía dudas acerca de la dureza del cuerno o de si bastaría un solo golpe, se le desvanecieron al instante. De una forma limpia, la espada separó el dorado saliente de la frente del dragón.

No hubo sangre.

Pero sí aquel grito estremecedor. [*Jordi nunca pone los gritos, así que lo hago yo: ¡Aaaaaahhh...!*]

Ezael seguía preparado. Cuando Zurg sintió el daño y se despertó, agitando la cabeza, él ya había arrojado la espada para hacerse con el cuerno.

Nada de todo aquello servía si no lograba atraparlo, y disponer de unos segundos para completarsu plan.

Así que la parte más difícil no fue la del corte, sino aquélla.

Todo fue muy rápido. El movimiento del dragón, su nuevo alarido de dolor, el despertar de Brunilda también asustada, la caída de Ezael agarrando el cuerno, que era más, mucho más alto que él, aunque no pesaba tanto como esperaba...

El muchacho rodó por el suelo.

El gran dragón se levantó sobre las dos patas traseras y se llevó las delanteras a la frente. Por poco aplastó a Brunilda, que rodó hacia un lado. Ezael confiaba en que el dolor le cegara lo suficiente. Cuando recuperó su propio equilibrio echó a correr para alejarse lo más que pudiera de Zurg. En la penumbra de la cueva, sólo rota por el fulgor de las brasas del fuego, las sombras se hicieron huidizas. [Sombras huidizas. A esto se le llama literatura.]

—¡Zurg, amado mío! ¿Qué te pasa? —gritó a su vez Brunilda.

—¡Mi cuerno! ¡Me lo ha... cortado!

Ezael se detuvo. Dejó el cuerno a un lado, se agachó y se dispuso a sacar de su bolsillo el frasquito con las cenizas del Ave Fénix.

Se quedó sin respiración cuando notó los pedazos de cristal roto.

¡El frasco!

¡Las cenizas! [¿Que se le ha roto? ¡Será torpe!]

Se hizo un par de cortes en los dedos, pero no le importaron. Buscó los restos de las cenizas, aunque eran tan finas que ni siquiera supo si lograba sacarlas fuera o no. Sus dedos estaban tiznados y poco más.

¿Sería suficiente?

—¡Tú! —rugió el dragón. [*Sí, él, ¿quién va a ser?*]

Zurg le había visto. Sus ojos, ahora sí inyectados de sangre, mostraban el dolor y la rabia que lo poseía. Se disponía a aplastarlo como a una hormiga.

—¿Por qué lo has hecho? —sollozó la princesa—.

¡Confiábamos en ti!

—¡Y podéis confiar, os lo juro! —suplicó Ezael—. ¡Pretendo...!

No había tiempo para explicaciones. Zurg dio el primer paso para alcanzarlo. Y un paso de Zurg era la mitad de la distancia que los separaba. Con el segundo... [*Reparad en el detalle: no digo nada. Me callo. Ahora sí está emocionante, caramba.*]

Ezael se agachó. Frotó los dedos tiznados de ceniza contra el suelo. Apenas si fue una huella, pero ya no quedaba tiempo para más. A continuación se puso de pie, agarró el cuerno...

Zurg dio el segundo paso.

El muchacho miró hacia arriba. Iba a aplastarlo.

Colocó la base del cuerno sobre los restos de las cenizas y cerró los ojos.

Entonces... [*¿Qué? ¡Qué!*]

El cuerno tembló, produjo una vibración extraña. Y también lo hizo el suelo, la misma cueva.

Un segundo, dos, tres. Ezael esperaba el golpe que pusiera fin a su vida. Pero algo estaba sucediendo porque la pata de Zurg no había caído sobre él.

Se atrevió a abrir un ojo.

Luego soltó el cuerno y se apartó.

En primer lugar, éste se había vuelto neblinoso, como si estuviera a punto de desaparecer. En segundo lugar, el dragón se había quedado paralizado, con la pata levantada y quieta a menos de un metro de la cabeza de Ezael. Brunilda estaba muy cerca de ellos, contemplando la escena mitad aterrorizada mitad sorprendida.

El cuerno era el centro de la extraña escena.

La neblina aumentó, se hizo espesa, tanto que acabó por diluir el cuerno hasta hacerlo desaparecer en su seno. Y aumentó más, y más, creciendo hacia arriba. Era tan brillante que ahora la cueva estaba iluminada por su resplandor. Un resplandor intenso, casi cegador. Pero ni Brunilda ni Ezael podían dejar de contemplar aquel prodigio.

La neblina envolvió a Zurg.

Muy pronto, lo mismo que había sucedido con el cuerno, el dragón desapareció devorado por ella.

Completamente. [¡Aaah! ¡Cuando pone esas frases cortas, con un punto y aparte, para crear más clímax y ansiedad...! ¡Es para matarlo! ¡Quieres decir qué pasa de una vez, pesado, que nos tienes en ascuas!]

Fue como si el tiempo se detuviera. [¡Y dale!]

Pudieron ser unos segundos, unos minutos.

Ni la princesa ni Ezael apartaban los ojos de aquella neblina que, poco a poco, volvió a menguar.

A clarear.

Allá donde antes había estado la inmensa envergadura del dragón, ya no había nada.

Sólo el silencio.

Hasta que, despacio, muy despacio, en el corazón de la neblina se adivinaron dos formas, dos cuerpos que antes no estaban allí.

O tal vez sí.

Uno era el de un bello unicornio de color blanco.

El otro, el de un apuesto hombre. [Caramba: ésta sí que es buena.]

Capítulo 14

**De cómo terminó la leyenda del dragón
y la princesa, tantas veces loada en crónicas
y tratados del Viejo Reino, y de paso sabremos
también lo que le ocurrió a Ezael.**
[¡Qué agotamiento! El capítulo anterior
me ha dejado... ¡uff!]

El camino de regreso sí lo hicieron por los valles y los lagos, por los pueblos rebosantes de personas que les saludaron a su paso, vitoreándoles. Y sintieron de corazón el calor de las gentes que les mostraban su cariño. Allá donde fueren, se conocía ya la verdad. Bastaba con ver a la princesa sana y salva, flanqueada por aquellos dos hombres tan diferentes pero también tan especiales. Valiente y Lucero, con sus cabezas muy erguidas, saboreaban igualmente el éxito de la expedición y se mostraban como lo que eran: corceles de pura sangre.

Ezael quiso ver a Narca.

También a Glodomira. [¡Faltaría más!]

—Sin ti, no lo habría conseguido —le dijo a la bruja.

—Eso no lo sabrás nunca —la anciana le guiñó un ojo—. Pero me parece que algo se te habría ocurrido.

—No, sin las cenizas del Ave Fénix, no.

—Supiste interpretar las pistas, y eso es casi tan importante como tener los medios. Y te arriesgaste al cortarle el cuerno al dragón.

—Desde luego —suspiró Ezael recordando el miedo que había tenido, sobre todo cuando pensó que iba a morir aplastado.

—¿Dónde está el unicornio?

—En las montañas, libre.

—Bien —sonrió Glodomira.

—¿Puedo hacerte una pregunta?

—Adelante.

—¿De verdad tienes 107 años?

—Sí, ni uno menos.

—¿Y de verdad eres bruja? [¿Todavía con eso?]

—¿Tú que crees?

—Que sí.

Glodomira se encogió de hombros. Sus ojillos chispearon.

—Lo que para unos es evidente, para otros no lo es tanto. Lo que para unos es experiencia de la vida y astucia, para otros es magia y poder sobrenatural. Lo que para unos son años de aprendizaje, para otros es misterio. Y, por cierto, acabas de pisar esencia de mangral.

La resina más pestilente y pegajosa del bosque.

—¡Oh, no!

Glodomira se rio con ganas.

No muy lejos, cogidos de la mano, sin dejar de mirarse a los ojos llenos de amor, Brunilda y Zurg vivían ajenos a cuanto los rodeaba. [Un poco empalagoso, ¿no?]

Reemprendieron el camino y para cuando llegaron a Gargántula la ciudad en pleno se hallaba en las calles, celebrando su llegada, que la princesa estuviera sana y salva, y que el dragón ya no fuera un peligro para los habitantes del Viejo Reino. A las puertas del palacio de Atenor, el rey en persona aguardaba su aparición. Cuando los dos caballos se detuvieron, y de ellos bajaron los tres héroes del momento, la emoción fue indescriptible.

Primero, el abrazo del rey y de su hija.

Segundo, el de Mileya a... Ezael, alocado, fuerte, impetuoso, después de bajar las escalinatas a la carrera hasta echarse en sus brazos.

—Os la he devuelto —dijo el muchacho algo atribulado—. Ahora podréis... Quiero decir que ahora podrás...

Mileya le dio un beso.

Después le susurró:

—Tonto. Te esperaba a ti. [¡Faltaría más! ¡Esto parece una película de Disney! ¡Todos felices!]—Oh.

—Sabía que lo conseguirías.

—No me dijiste eso la otra noche. [Chaval, no te hagas el tonto. La otra noche era la otra

*noche y ahora el libro se acaba y toca tachíntachín
final. ¿O no?*]

—Pero a la mañana siguiente supe que vol-
verías. Por mí.

Se encontraron con el rey y con Brunilda al
lado. Hubo un nuevo abrazo, de los cuatro. Y luego
uno más, cuando Brunilda reclamó a un asustado Zurg
a su lado. Fue el colofón al griterío de la gente.

Y el fin de la historia. [*¿El fin? ¿Ya está?
¿Seguro?*]

Bueno, no exactamente, porque unos días
después, cuando se celebró la doble boda en Gargántula... [*¡Ah, vale! ¡Doble boda, oh! ¿De qué sir-
ve un cuento de princesas sin una boda final?*]

Pero ésa sí es otra historia.

[*Y que lo digas. ¿Ponemos ya el cartelito
de FIN?*]

EPÍLOGO

—¿Sigues ahí?

—A ver, ¿dónde voy a estar?

—¿Qué te ha parecido el cuento?

—Psé.

—Venga, di la verdad.

—¿Qué quieres, una loa?

—Por lo menos, reconoce que te ha gustado.

—No ha estado mal.

—Reconócelo.

—Tiene gracia, vaaale, pero sigue siendo un cuento de princesas y dragones y están pasados de moda. Insisto.

—¿No comprendes que hay historias que nunca desaparecerán porque son eternas?

—Ya.

—Tanto da que estemos en el siglo XXI, y que haya videoconsolas, teléfonos móviles, Internet y demás zarandajas. Siempre habrá cuentos.

—De princesas y dragones.

—¡Sí!

—Sigo pensando que algo más moderno...

—He estado pensando en ello, y... de acuerdo, haré otro con una princesa de hoy, emancipada, moderna y tal, como sugeriste. Después de todo es una buena idea.

–¿En serio?

—Sí, en serio.

–¿Te parece... una buena idea?

—Mucho.

–Vaya.

—Ahora sonríes, ¿eh?

–Bueno, es que me hace gracia.

—Ya.

–¿Seré coautor?

—No. Tú formas parte de mí, por lo tanto ni hablar. ¿Quieres que firme un libro como Sentido Común? ¡Eso sí que no lo leería nadie!

–Bueno, vale.

—Entonces, manos a la obra.

–¿Vas a empezarlo ahora?

—Sí, ¿qué pasa?

–¡Acabas de terminar esto!

—¿Y qué?

–Descansa un poco, ¿no?

—¿Descansar? ¿Para qué? ¡Me encanta escribir!

–Ya, ya, dímelo a mí. Pero...

—¿Para qué quiero un Sentido Común que me dice que no escriba, o una Conciencia que trata de impedirme ser lo que soy? ¡A que te encierro en algún lugar de mi cabeza y no te dejo salir!

–No, no.

—Entonces te lo repito: cállate. Aquí el que manda soy yo. Si digo que a escribir, ¡a escribir!

–Bueno, bueno, qué carácter.

—Has estado incordiando todo el libro.

–¿Yo?

—¡Tú, sí! ¡A saber lo que habrás estado rezongando por ahí a mis espaldas!

–Nada, cuatro cosillas.

—¿Cuatro cosillas?

–Puede que cinco.

—¿Cinco?

–O seis, o siete... No las he contado.

—Tanto da. Se acabó. Ni una palabra más. Fin del privilegio.

–Pues a mí me gustaba opinar...

—¡SILENCIO!

–¿No...?

—¡Chst!

La reina de la discoteca

Jordi Sierra i Fabra

Capítulo 1

**De cómo se ve el arranque y principio de
la famosa leyenda de la princesa que, tras
escaparse de su Casa Real, acabó convertida
en la Reina de la Discoteca.**

En una urbe ultramoderna, en la que la vida era muy
distinta a la de su pequeño país, vivía la princesa
Bruna después de haber descubierto la música y haber
quedado enloquecida por ella. De día, Bruna traba-
jaba en una boutique, de incógnito, pero de noche,
cambiando como una Cenicienta del siglo XXI, se
transformaba en... [¡Me mata! ¡Este tío me mata!]

FIN
[o no]

Índice

Jordi Sierra i Fabra

Nació en Barcelona en 1947, aunque él prefiere decir siempre que nació en la Tierra porque no cree en fronteras ni banderas. A los 8 años decidió que sería novelista y no ha parado de escribir desde entonces. Hijo único, de familia humilde, se encontró con pocas posibilidades de alcanzar su sueño, entre otras cosas, por la oposición paterna a que fuera escritor. Su vinculación con la música *rock* (ha sido director y en muchos casos fundador de algunas de las principales revistas españolas entre las décadas de los años 60 y 70) le sirvió para hacerse popular sin perder nunca de vista su auténtico anhelo: escribir las historias que su volcánica cabeza inventaba. Su primer libro lo editó en 1972. Hoy ha escrito cuatrocientas obras, muchas de ellas *best-sellers*, y ha ganado casi 30 premios literarios además de recibir un centenar de menciones honoríficas y figurar en múltiples listas de honor. En 2005 fue candidato por España al Nobel Juvenil, el premio Hans Christian Andersen 2006, en 2007 recibió el Premio Nacional de Literatura del

Ministerio de Cultura español y en 2009 vuelve a ser candidato al Andersen de 2010. Sus cifras de ventas superan los 9 millones de ejemplares.

En 2004 creó la Fundació Jordi Sierra i Fabra en Barcelona, España, y la Fundación Taller de Letras Jordi Sierra i Fabra en Medellín, Colombia, como culminación a toda una carrera y a su compromiso ético y social.

Más información en la web oficial del autor: www.sierraifabra.com

Esta obra se terminó de imprimir en noviembre 2014
en los talleres de **PRO cosa**
Santa Cruz, No.388, Col. Las Arboledas,
C.P. 13219, México, D.F.